甘黒御曹司は
無垢な蕾を淫らな花にしたい
なでしこ花恋綺譚

CONTENTS

MITSU YUME

イラスト／黒田うらら

甘黒御曹司は無垢な蕾を淫らな花にしたい

なでしこ花恋綺譚

プロローグ

（これは夢よ……。悪い夢に違いないわ……）

心の中で繰り返す言葉は、さっきからずっと同じだ。

でも今、我が身に降りかかっているこの状況を、東海林撫子《しょうじなでしこ》は悪夢以外のものとして捉えることができない。

「可憐なお嬢様で、とても嬉しく思っております。父には冗談で『楽しみにしたいから、当日まで写真は見ない』などと申しておりましたが正解でした。もしも先に撫子さんのお姿を拝見させていただいていたなら、僕は今日という日が楽しみで楽しみで、仕事も手につかなかったことでしょう」

「まあ、伊吹《いぶき》さん、そんな大袈裟《おおげさ》な……。でも、光栄ですわ」

謙遜しつつも自慢の娘を褒《ほ》められた嬉しさからか、まるで自分が称《たた》えられたかのような笑顔を見せる母。そんな母親に白々しい微笑みを向ける青年を、撫子は心の目で睨みつける。

この日のために用意されたパステルピンクの振り袖。小さな暈《ぼ》かし桜が舞い集うとてもかわいらしい柄だ。二十三歳という自分の歳を考えると、いささかかわいらしすぎるような気がしなくもないが、選んだ母はそんなことは微塵《みじん》も思っていなかったらしい。

座卓の陰《かげ》で、その桜が台無しになってしまいそうなほど力を入れて着物の膝を握りしめ、撫子はこの焦燥感《しょうそうかん》にひたすら耐える。

彼女の胸中を知ってか知らずか、大和《やまと》伊吹はその秀麗な微笑《ほほえ》みを、本来向けるべき正当な相手、婚約者となる撫子へ向けた。

「撫子さん、これから、よろしくお願いいたしますね」

(冗談じゃないわよっ!!)

反射的に心の声が口から飛び出てしまいそうになる。そんな撫子の耳に、カコーンという添水《そうず》の音が響いた。

その音は、まるでこの見合いを次のステップへ進ませる合図であったかのように両家の親を動かす。

「伊吹、せっかくですもの、撫子さんとお庭でも散歩していらっしゃい。このホテルの庭園は素敵よ」

「それがいいわ、伊吹さん。ふたりとも若いんですから、お部屋で向かい合ってお話をするよりずっといいわ。ねえ、撫子」

大和家と東海林家、両家の母親は実に乗り気で上機嫌だ。親同士のほうが意気投合しているともいえる。

伊吹と撫子の〝初対面〟の場となったホテルの中庭には、和の風情漂う日本庭園が造られている。主役のふたりと両家の母親が顔合わせをしたこの日本間の窓からも、その一部を窺《うかが》うことができた。

「そうですね。せっかくですし、僕もゆっくりお話をさせていただきたいところです」

伊吹は膝を引き、一八〇を優に超える長身をスッと立てると、撫子のかたわらへ進み右手を差し出す。

「そんな僕の我儘《わがまま》に、少しおつきあいいただけますか。撫子さん」

サラサラと流れる黒髪。優雅な微笑《びしょう》。爽やかな芳香さえ感じさせるスーツの袖から差し出された手。それをなかなか取れなかったのは、決して撫子が彼に見惚《みと》れていたからではない。

（なんなのよ……、この、猫っかぶり！）

睨《にら》みつけたい気持ちを抑え、撫子は彼の手に右手を預ける。「はい」と慎《つつ》ましやかな返事を口に、楚々《そそ》と腰を上げた。

そんな彼女を、伊吹の母が称賛《しょうさん》したのだ。

「さすがは華道家元のお嬢様だわ。お噂《うわさ》どおり、可憐《かれん》でかわいらしくて慎ましやかで。伊吹は幸せですよ、こんな素敵なお嬢さんをお嫁に戴《いただ》けるのですから」

称賛の礼代わりに軽く頭を下げ、撫子は伊吹に手を取られたまま、母親たちが褒め合戦で盛り上がる日本間をあとにした。

——そのまま数メートル歩き、ひとつ角を曲がったところで、いきなり伊吹の肩が大きく震える。

それが失笑であると悟《さと》った撫子は、振り払うかのように彼から手を離す。すると彼の手は一瞬離れたが、すぐに撫子の顎《あご》を強く掴《つか》んで引き寄せたのだ。

「〝可憐でかわいい、華道家元のお嬢様〟か。上手いことやってんだな」

その口調は、さっきまで母親さえも見惚れさせた男のものではない。それどころか、目つきまでもが不敵《ふてき》なものに変わっていた。

「そのお嬢様が、酒場で酔っ払いと喧嘩《けんか》をしていたなんて聞いたら、ウチの母さんぶっ倒れそうだ。そのときは、そうだな『可憐でかわいいのは間違いではありません。少々明朗《めいろう》快活《かいかつ》すぎるだけです』とでもフォローしてやろうか？」

含み笑いに腹が立つ。撫子は振り袖を大きく翻《ひるがえ》し、伊吹の手を叩き落とした。

「人のこと言えないでしょ！　なによ、さっきの態度！　うちの母親もすっかり騙《だま》されてたわよ、あんたの外面《そとづら》に！」

口角を上げる彼の顔を睨みつけた撫子は、今日、この場を訪れてから、ずっと鬱積《うっせき》し続けていた想いを口にする。

「まさか……まさか、あんたが、だなんて……。悪夢だとしか思えない……。なんで、なんであんたがわたしの婚約者になるのよ！」

憤《いきどお》る彼女を、伊吹は腕を組み面白そうに眺《なが》める。言いたいことはすべて言わせてやると言わんばかりの態度に便乗《びんじょう》し、撫子はこの縁談の話を聞かされたときから溜《た》まっていた不満を口にした。

「本気でお断りよ！　あんたみたいな失礼な男！　お父様に言って、すぐにでも破談《はだん》にしてもらうんだから！」

最初から納得などしてはいなかったのだ。相手が伊吹であったことをこれ幸いにと、撫子はこの話に謝絶《しゃぜつ》の意志を突きつける。

だがそんな彼女の態度を、伊吹は一笑に付した。

「世間知らずのお姫様はこれだから困る。そんなこと、できるわけがないだろう」

「な、なんでよ……」

「大手生花流通商社の大和家と、華道家元でありながら、生け花教室や企業イベント、フラワー業務を数多く請け負う東海林家。わかるか？　これはな、花のディストリビューションを前提とした政略結婚だ。おまえひとりの我儘でなんとかなる問題じゃないんだよ」

「ディ……ディス……ト……？」

なんのことやらわからない。撫子の態度はさらに伊吹の失笑を買う。

「消費者への供給のことだ。業界用語も知らないのか」

「知ってるわけないでしょうっ」

「毎日自分が活《い》けている花が、どういった経路《けいろ》で手元に届くのかも知らないお姫様が、『お父様に言って破談にしてもらう』だと？　笑わせるな」

「なっ……」

「家元は快諾《かいだく》済みだ。おまえが俺と結婚すれば、東海林家は生花《せいか》の入手が今よりも楽になる。流通的にも無理が利《き》くようになる。もちろん、金額的にもな」

撫子は下唇を噛《か》む。一週間前、自分の縁談の話を聞いたとき、父や兄に必死の抵抗をした。いまどき、親が勝手に決める結婚など納得できないと。

だが、いつもは撫子の我儘をきいてくれる父も、妹かわいさにいつも撫子の味方になってくれる兄も、彼女の言い分をまったく聞いてはくれなかったのだ。

それが根拠に、否が応でもこの話を受けさせようと、今日の見合いを強行した。

(政略結婚って……。だから、誰もわたしの話を聞いてくれようとしなかったの……?)

良縁は撫子のため。父も兄も、そう撫子を言いくるめた。

なにが彼女のためなのだろう。伊吹の話を聞く限り、これはどう考えても家同士の利益を考えた結果、家業が絡んだ大人の事情というものではないか。

そんな思惑《おもわく》があるのなら、父兄に抵抗したところで無駄だったのもうなずける。かといって母に意見しようにも、すっかり伊吹を気に入り、その気になってしまっている様子だった。

八方ふさがりだ。この縁談から逃げる術《すべ》はない。

「まあ、おまえにとっても悪い話じゃないだろう。俺はそのうち会社を継《つ》ぐ。今だって副社長のポジションはもらっているんだ。華道家元のお嬢さんが未来の社長夫人になる、世《せ》間体的《けんていてき》にもバッチリのシナリオじゃないか」

腕を組み、伊吹はチラリと撫子を一瞥《いちべつ》する。彼から目をそらして言葉を発しなくなった彼女に微苦笑を漏《も》らし、冷やかしを口にした。

「おまえ、名前が〝撫子〟だろう。俺と結婚すれば、フルネームそのものが〝大和撫子〟だ。もう二度と酒場で暴れるなんて粗相《そそう》をしないように、俺が本物の大和撫子に調教してやるよ」

「ちょっ、調教とか言わないでよっ、いやらしいっ！」

「犬猫を躾《しつ》けるときだって使う言葉だろう。なにがいやらしいんだよ。そんなこと言っているおまえのほうがいやらしいぞ」

「ペットと一緒にしないで！」

撫子がムキになって詰め寄ると、勢いを得たのか伊吹の煽《あお》りも調子づく。

「無駄な抵抗はやめて、世間知らずのお嬢さんはお嬢さんらしく、周囲の流れに従《したが》ってりゃいいんだ。だいたいな、おまえみたいに大きな化け猫を背中に背負った〝きかん坊〟、正体がバレたら嫁の貰い手なんかないぜ。それでも俺はもらってやる気になっているんだから、ありがたく思え」

「だ、誰があんたになんか……、さっきも言ったけど、お断り……っ！」

猫を被っているのはお互い様。そこまでセリフを用意していた撫子ではあったが、彼女の口はいきなり伊吹の片手にふさがれ、そのままの勢いで壁に押しつけられた。

「しっ」

黙れと言わんばかりに人差し指を口元にあて、伊吹の顔が目と鼻の先まで迫ってくる。なにごとかと動揺する撫子をまったく無視したまま、彼は身体《からだ》を密着させてきた。

(なななっなにっ!)

驚きつつも伊吹の眉目秀麗《びもくしゅうれい》を絵に描いたような相貌《そうぼう》を極至近距離に見て、不覚にも鼓動の高まりを覚える。だが、そんな撫子とは裏腹に彼は彼女の顔など見てはいない。相変わらず黙ることを強要したまま視線だけを真横へ向け、さりげなく背後を窺《うかが》っていた。

彼の視線を追って、撫子もこっそり視線を移動させる。すると、ホテルの女性従業員が廊下の角からこちらの様子を確認し、ふたりを見て慌てて姿を消した。

従業員からは伊吹の背中が見える角度なので、いいムードになっているふたりが、キスをしているようにでも見えたのだろう。

撫子から手と身体を離し、伊吹はふうっと吐息する。

「でかい声を出すな。こんな場所でヒステリックな叫び声が聴こえれば、きっと誰かが様子を見に来る」

「ヒ、ヒステリー……って」

「見に来たのが従業員でよかったぞ。おまえが品のないがなり声をあげたあとに足音が聞こえたから焦《あせ》った。どっちかの母親だったら、なにがあったのかと大騒ぎだ」

「いちいち、ひと言多いのよ、あんた……」

怒鳴りつけて平手打ちのひとつもお見舞いしてやりたい。だがそんなことをしても、伊吹は相変わらず嫌味《いやみ》な冷笑を浮かべ「きかん坊のヒステリー」とからかってくるに違いない。

撫子は袖の中へ両手を引っ込め、その中で握りこぶしを震わせた。隠さなければ手が見えてしまう。それを見られれば「なんだ、悔《くや》しいのか」と言われるに違いない。

――本当に、悔しいのだ……。

だが、怒り心頭《しんとう》に発《はっ》するといわんばかりの撫子の表情は、それだけで伊吹に彼女の気持ちを伝えているのだろう。彼は不敵に口角を上げ、腕を組んだ。

「いくら世間知らずの我儘娘でも、ここまで説明すれば納得するだろうと思ったんだけど？　そんな強情に拒否る意味がわからない。家元が快諾したほどの良縁だぞ、決して悪い話じゃない。――それともなにか？　好きな男でもいるから、結婚のことなんか考えたくないとでも？」

憤りで爆発しかかっていた撫子の表情が、ハッと緩《ゆる》む。見開いた目と下がった眉《まゆ》は、それが図星であることを伊吹に知らしめた。

あまりにも素直すぎる反応だ。

伊吹は思わず笑いかけるが、すぐに思い直したのか表情を改め、萎縮《いしゅく》している撫子に救いの手ともいえる交換条件を突きつけた。

「……じゃあ、俺に証明してみせろ」

「証明？」

「俺がせっかく情けをかけて〝じゃじゃ馬娘〟を嫁にもらってやろうって言っているのに、それを拒否るんだ、おまえはよっぽど自分に自信があるんだろう？　それなら俺に、おまえがどれほどの女か、見せてみろ」

撫子は首を傾げる。見せろ、とは、いったいどういうことだろう。

「俺なんかにもらってもらわなくたって、縁談なんか引く手あまたで、俺が思わずベッドに引っ張りこみたくなるような大和撫子なんだって証明してみせろ。それができたら、この縁談は破談《はだん》にしてやってもいい」

「え!?」

「できるか？　まあ、無理だろうけど。じゃじゃ馬にはな」

引っ込めていた手を出し、撫子は思わず伊吹のスーツを摑みそうになる。

――これは、チャンスだ。

父も兄も母も、説得の余地《よち》はない。ならば、伊吹が出した条件にのるしかない。

彼が納得する、大和撫子たる姿を見せればいいだけだ。難しいことなどない。いつも以上に、自分の言動に気を配ればなんとかなる。

「そうだな……、一ヶ月ぐらいは待ってやる。期間内に俺を納得させろ。どうする？」

「やる！　絶対あんたを納得させてやるから！」

血気盛んに宣言をする撫子は、伊吹に向かって握りこぶしを振りかざす。

大和撫子になると言った矢先からこの勢い。彼が苦笑してしまうのも無理はない。

「……なんだよ、……俺、そんなに嫌われてるのか？」

伊吹はぼそりと呟《つぶや》くが、撫子には聞こえてはいなかったのかもしれない。聞こえていたとしても、この大きな目標を前に、返事をする気など起こりはしない。

（絶対にこの縁談、なかったことにするんだから！）

そんな彼女の脳裏に、ふと爽やかな笑顔と声がよみがえる。

――なでちゃんは頑張り屋さんで、エライね。

だがその笑顔の輪郭《りんかく》は、いまいちハッキリとはしない。心がほんのり温かくなりかかった撫子ではあったが、そんな気持ちも、一週間前の忌々《いまいま》しい出来事が脳裏によみがえり、すぐに打ち消されてしまった。

一週間前……。

この、憂苦極《ゆうくきわ》まりない縁談の知らせを受けた日。

いや、知らせではない。

それは、決定事項だったのだ。

第一章　私に触らないで　ホウセンカ

創流一五〇年の歴史を持つ、華道、東海林流。

華道の歴史的な形を大切にしながらも、近代の自由花や前衛花などにも造詣《ぞうけい》が深い。華道教室や指導者のための教室、企業相手の講演会や研究会、フラワー業務を数多く手がけ、ボランティアにも力を入れている。

家元は、三代目、東海林寿光《じゅこう》。副家元として、三十二歳の長男、東海林柊都《しゅうと》。

撫子は東海林家の娘として生まれ、女の子であるということに加えて、兄と歳が離れているせいもあって両親や兄にとてもかわいがられて育った。

家元のお嬢さん。その立場から、分家のみならず内弟子や外弟子からも目を留められる存在。性格にはひとまず触れずにおくとして、見目のよい娘に成長した彼女は、年頃になり、さらに注目されるようになった。

この春、エスカレーター式に進学してきた生粋のお嬢様学校の大学課程を卒業し、家元や副家元の補佐をしながら花嫁修業中という、世間体重視の肩書きを背負ったのだ。

いささか甘やかされて育っているとはいえ、生まれたときから華道の世界で育った撫子。兄ほどではなくとも華道家としての腕はあり、講習会などでは講師を務《つと》められるほどの実力を持っている。

それなりに毎日は楽しく、平和で、充実していた。

そこに、爆弾が投下《とうか》されたのだ。

「撫子、おまえの結婚が決まったぞ」

――パチンッ……と、ひときわ大きく花鋏《はなばさみ》の音が鳴り、のちに静寂が訪れる。

その言葉を発した父はにこにことしたまま娘の反応を待ち、そしてそれを受け取った撫子はドウダンツツジの茎《くき》を切りすぎてしまったことにも気づかない。

撫子は呆然としたまま、口髭《くちひげ》の下でにんまりと両端を上げる父の唇を見つめる。

（お父様は、どうして起きたまま寝言を言っているんだろう……）

そんなことを考えると、ついつい鼻で笑いたくなるが、撫子はその衝動をグッと堪《こら》える。まずここは、そんな寝言をのたまった父の言い分を聞くべきだ。鼻で笑うのはそのあとでもいい。

「お父様、わけがわかりませんが」

撫子は極力落ち着いた声を出して鋏を置く。そこでやっとドウダンツツジの茎を短くしすぎてしまったことに気づいたのだ。

しかし焦る必要はない。撫子は一緒に活ける予定だった小菊《こぎく》と位置を交換し、バランスをとった。

「そんな一見大切《いっけん》そうなお話を、なにかのついでのような形でされても、冗談だとしか思えません」

娘の手厳しい言葉に寿光は苦笑いを見せる。しかしそんな態度は慣《な》れたもの。撫子の前に置かれた花器《かき》を挟んで、彼女の正面へ座《ざ》した。

立っていたときは羽織《はおり》の袖に入っていた手が、自然と綺麗《きれい》な形で膝にのる。背筋を伸ばして対話の姿勢になると、家元としての大きな風格を感じ、自然と撫子の背筋も伸びるのだ。

「こんなときですまなかったな。ただ、早くおまえに知らせたくて」

「冗談なのでは?」

「ない」

笑顔できっぱりと言い切られてしまっては、話だけでも聞かざるを得ない。

撫子はひとまず、手にしていた鶏頭《けいとう》を花器の横へ戻し、自らも両手を膝に置く。

「手短かに願います」

ひと言断りを入れ、聞く体勢をとった。

撫子がひとりで花を活けていたこの小和室では、一時間後にいけばな体験レッスンが行われる。撫子は講師として指導に当たらなくてはならない立場だ。

今日の体験レッスンは小学生がふたりで、共に企業家の娘である。花の心得と芸事《げいごと》の作法なども身に着けてほしいという親の願いがあるらしい。そのためには、生徒の気持ちを盛り立てて花に興味を持ってもらわなくてはならない。

その先導役が撫子だ。

体験レッスンとはいえ、講師の役目は大切なもの。

その為事《いじ》の前に聞かされていい話であるのかが、少々疑問だ。

「先代の頃からつきあいが続いている、生花の流通商社がある。なかなか大きな会社でね、そこの跡取《あとと》りなんだ」

「跡取り？」

「歳は二十八歳。大学院の修士《しゅうし》課程を卒業してから入社し、副社長として、社長である父君を支えている。真面目で頭のよい青年らしいよ」

「……らしい？」

怪訝な表情で揚《あ》げ足をとる撫子の反応を見て、寿光は苦笑する。

らしい、という不確かな情報しかないのに、娘の結婚相手として受け入れようというのか。不信感を募らせている撫子の思惑が、手に取るようにわかるのだろう。

娘の性格を知り尽くしているからこそ、寿光も「揚げ足をとるな」と怒る気にはなれないのだ。

寿光はコホンッと咳払《せきばら》いをして、笑顔を繕《つくろ》った。

「いやいや、すまない。父さんも会ったことはあるのだよ。礼儀正しくてシッカリとした青年だ。なんというか、背が高くて今風のイケメンだったぞ。よかったな」

普通の女の子ならば食いつきそうなポイントではあるけれど、撫子の表情は動かない。

（イケメンで背が高い男なら、ウチの兄様で見飽《みあ》きてるし……）

撫子の兄、柊都も、着流しが似合う細身の長身で和風の美男子だ。なんといっても彼が副家元に就任し会員誌などで紹介をされてから、教室や講習会、展覧会などに来る若い女性の割合が格段に上がったのだから。

「今までも、ときどき縁談話などはもらっていたが、撫子が気に入らないようだったのでお断りしてきただろう？　だが、これはよい話だと思う。なんといっても、古くからつきあいのある会社だからね。これからのことを考えても……」

「お断りします」

揃え置かれていた両手で大名小紋の膝をパンッと叩き、寿光の言葉の途中で撫子は口を挟む。

「なんですか。その、おつきあいを深めるためにも子ども同士を結婚させましょう、的なお話は。そんな軽々しいノリで、人生の伴侶《はんりょ》を決められちゃ堪《たま》ったものじゃないわ！」

「まあ、撫子なら、そう言うと思っていた」

「はい？」

わずかでも父がひるむのではないかとの予想は大外れ。かえって寿光はうんうんと頷《うなず》き、自分の予想が当たったことに満足して口髭を撫でて悦《えつ》に入る。

「冗談じゃないと怒りだして、断固拒否するだろうことは予測済みだ。それだから、この時期まで黙っていたのだよ」

「……だ……黙っていた、とは？」

「先方との顔合わせの席は、すでに一週間後に整えてある。もちろん先方も了解済みだ。そのために新しい振り袖も用意した。今日あたり届くだろう」

「どっ、どういうことですかっ、それは！」

撫子は勢いよく立ち上がった。その鼻息の荒さのせいであるのかは不明だが、中途半端に活けられていたドウダンツツジがパサリと花器の中で倒れる
「口出し無用ですか！　わたしのことであるのに、わたしに意見を述《の》べる権利はないと！」

「早く言おうと遅く言おうと、意見を聞こうと聞くまいと、どうせ撫子からは文句しか出ないだろう？」

撫子はグッと言葉に詰まる。それはたしかに間違いではない。

「嫁《とつ》ぎ先として悪い家ではないし、先方の社長も喜んでくれている。実は撫子が学校を卒業したとき、すでに決まっていた話なのだ。それでも、卒業してすぐにこんな話をしたなら、『そんなに早く家から追い出したいのか』とへそを曲げると思ってな。それで今まで待ってみた」

「ま……待ってみた……。って、お父様……」

「そういうことだ。顔合わせは、今度の日曜日。そのつもりでいなさい」

出る言葉もなく口を半開きにする撫子に笑いかけ、寿光は立ち上がる。娘の足元で勢い

のまま蹴飛《けと》ばされてしまいそうな危機にさらされた花器に視線を向け、目を細めた。

「ツツジの位置は、やっぱり小菊と逆のほうが見栄えがよいな。ツツジはまだあっただろう。違うものを用意しなさい」

「は、はい……」

「体験レッスンの生徒さんだからといって手を抜いてはいけないよ。素人《しろうと》だって、直感的に玄人《プロ》のミスを見つけてしまうものだ」

「申し訳ありません」

バランスを誤り、茎を切りすぎてしまったのは自分のミス。家元としての寿光に素直な態度を見せる撫子を、彼は口元をほころばせねぎらった。

「準備中に気をそらせてしまって悪かった。撫子は面倒見《めんどうみ》がよいから、おまえが体験レッスンを担当するとほぼ確実に受講生が増える。できれば、結婚してからも講師は続けてもらいたいものだ。せっかくの腕と才能が惜しいからな」

楽しげに笑いながら部屋をあとにする父のうしろ姿を眺め、撫子は呆気《あっけ》にとられる。

（反論の余地《よち》、まったくなし？）

父は反抗されるだろうと予想はしていても、それを聞き入れる気はまったくないのだ。

決定事項の詳細を伝えにきただけであるかのような父の態度に一瞬騙されそうになったが、撫子はすぐに足を踏み出した。

このまま黙っていては、言われたとおりになってしまう。

そんなこと、納得できるものか。

撫子は父を呼び止めようと部屋を飛び出した。

「お父っ……！」

「おっと……」

次の瞬間そこにいた人物にぶつかりそうになり、慌てて立ち止まる。

「どうしたんだい、撫子。そんなに急いで飛び出しては危ないよ」

小さな子どもに信号の渡りかたを注意するような、優しい口調。

撫子の両肩にポンと手を置き、ふわりと微笑む。兄の柊都だ。

細身の長身、キナリの着流《きなが》し。着慣れているせいか風格は堂《どう》に入ったものだが、羽織の一枚でもつけ足さなくては、このままふらりと飲みにでも出かけてしまいそうな雰囲気がある。

副家元という、シッカリと地に足のついた肩書きがあるからこそ、彼の存在も大きく感じる。でも、いささか意地の悪い見方をするのなら、時代劇役者の二枚目風なので、撫子いわく「少しチャラい」イメージがあるのだ。

「準備は済んだのかな？　教室に飾る花はできたのかい？　今日はどんなふうに活けたのだろうと思ってね。見にきたんだ」

彼の雰囲気そのままに柔らかな仕草で撫子の頭を撫でる。そんな兄の微笑みを見ながら、彼女はハッと思いたった。この憤り、兄ならばわかってくれるのではないか。

（そうよ……、兄様なら、お父様にかけあってくれるかも）

九つも歳が離れているせいか、柊都は撫子をかわいがっている。彼女がなにか失敗をしたり、腹に据《す》えかねることがあったりしても、さりげなくやんわりとフォローをしてくれる男だ。

今回のことだって、撫子の気持ちも考えず勝手に縁談を進めてしまったのはいかがなものかと、父に意見してくれるのではないか。

外見はヤサ男だが、腐《くさ》っても鯛《たい》。正真正銘《しょうしんしょうめい》、副家元なのだから。

「お兄様、あの……」

「ああ、そういえばね、撫子の振り袖、さっき届いていたよ。母上が受け取ってね、僕も確認のため見せてもらったのだけれど、とてもかわいらしい暈《ぼ》かし桜だった。撫子が着たらきっと似合うよ」

「振り袖……」

なんのことかを考え、父が見合いの日のために振り袖を用意したと聞いたことを思いだす。たぶん兄は、なんのためにあれが用意されたのかは知らないだろう。

「あの、お兄様、あれはですね……」

「日曜日が楽しみだね。家元と僕は分家の展覧会に顔を出さなくてはならないから同席できないけれど、出掛ける前の用意が済んだ姿なら見せてもらえるかな。髪飾りは僕が選んでもいいかい？　ああ、どうせなら新しい簪《かんざし》を買ってあげよう。日曜日に間に合うように」

撫子は息を呑《の》む。

兄は知っている。日曜日が、なんの日か。

知っていて、この笑顔とこの余裕。父と同じで兄も日曜日の見合いをおめでたいものとしか捉えてはいない。

「講師のお役が終わったら、撫子も着物を見せてもらいに行くといい。帯はどれにしようと、母上が豪《えら》くご機嫌だ」

「お母様も……」

なんということだろう。みんながみんな、この縁談になんの疑問も感じていない。それどころか大歓迎ムードだ。

「今日は七宝柄《しっぽうがら》の名古屋帯か。やはり落ち着きがあっていいね。花パール細工の帯締《おびど》めもとてもかわいいよ。若々しくて撫子にピッタリだ。今日のレッスンは小学生のお嬢さんだから、相応のコーディネートだね」

屈託《くったく》なく着物のコーディネートを褒めてくれる柊都の言葉も、撫子の耳には入らない。いつもならば兄に褒めてもらえれば嬉しいはずなのに。

それだけ、撫子はショックなのだ。

自分に突然降りかかってきた災い。そして、周囲の反応が。

(なんなの……。いったい)

青天《せいてん》の霹靂《へきれき》だ。

こんな事態が起こるとは、どうして予想できよう。

突然の縁談。そして、誰ひとりとして自分の味方にはなり得ない、この状況を。

講師のお役を務め終え、撫子は気分転換に外へ出た。陽が落ちるのもすっかり早くなってしまった秋の夕暮れだ。

家政婦たちには、もう夜だし夕食の用意もできるから、と止められたが、撫子は聞こえないふりをしてさっさと屋敷を出てしまったのである。

スマホの電源は切ってあるので、母親から何度か連絡が入っているかもしれないが知ったことではない。母はきっとまた撫子の気まぐれが始まったのだと笑っているだろう。

屋敷にいたくなかった。夕食の席で、父や兄と顔を合わせたくなかったのだ。合わせればきっと縁談の話が出る。そう思うと気が重い。

「はーぁ……ぁ……」

にぎやかな表通りの雑踏を感じていても撫子の気分は明るくならず、むしろため息が言葉になって出てしまう。なんとも遣《や》る瀬《せ》ない気持ちというのは、こういう気分のことをいうのだろうか。

降《ふ》って湧いた縁談話に関して、撫子が意見をする余地はない。

どんなに嫌がっても父や兄は聞く耳を持たないだろう。我儘を言って断固拒否を決めこむこともできるが、今回に限ってはそれも無駄《むだ》な抵抗であるように思うのだ。

比較的撫子には甘い父、妹を猫かわいがりしている兄。そのふたりがあそこまで押してくるのが、なによりもの証拠だろう。

それにしても、なぜあそこまでこの縁談に対して好意的なのか。それがわからない。なにもしないで黙って家にいるわけじゃない。撫子はきちんと家業を手伝っているし、なんなら結婚などしなくたって華道家として生きて行けるだけの技量《ぎりょう》だって持ち合わせている。

サッサと結婚を決められてしまう意味がわからない。

「もぅ……、なんだっていうのよ……」

重い足を止め、撫子は何気なく横へ顔を向ける。そこには、かわいらしいアンティーク雑貨が並ぶショーウインドウがあった。そして、磨《みが》かれたガラスに映る撫子の姿も。

落ちこみ脱力しているはずなのに、彼女の背筋はピンと伸び、キッチリ編み込まれたストレートの黒髪には一本の乱れもない。凛《りん》とした大名小紋《だいみょうこもん》の着物姿は、二十三歳という若さながら成熟《せいじゅく》した気品さえ漂わせている。

華道という古式《こしき》ゆかしい風流な世界で育ったせいか、幼い頃からほぼ着物ですごしている。着物を着ていると自然と背筋が伸び、立ち居振る舞いにも気品が出るような気がしていた。こういうのを、持って生まれた性《さが》というのかもしれない。

この外見と雰囲気のおかげで、撫子は常に、表立ったシーンで「どこに出しても恥ずかしくない華道家元のお嬢さん」を装い続けてきた。元々の彼女は、明朗快活〝すぎる〟、のが本質だというのに。

状況に合った態度と対応ができると言えば聞こえはいいが、ば砕《くだ》けた表現をするならば〝猫を被っている〟ということだ。

そしてその〝猫〟は、どこへ行っても老若男女《ろうにゃくなんにょ》、あらゆる人たちに気に入ってもらえる。

今日の体験レッスンに参加したふたりの少女もすっかり撫子の雰囲気に呑まれ、「お花を習ったらお姉さんみたいになれますか？」と目を輝かせていた。

幼くとも彼女たちには女性としての本能が備わっているのだ。受講生二名獲得《かくとく》は、間違いがないだろう。

「はーぁ……」

再びため息を声に出し、撫子は視線を前へ向ける。すると、数メートル先に生花店のスタンド看板を見つけた。

どんな花があるのだろうかと思って、足を向ける。横長の窓の向こうに店内の様子が窺えるが、撫子はとある花に目を引きつけられた。

「いらっしゃいませ」

そのまま店内へ足を踏み入れると穏やかな女性店員の声に出迎えられる。撫子は目指す花が置かれた棚の前へ進んだ。

「……爪紅《つまべに》だわ……。かわいい……」

彼女の呟きは女性店員の耳には入らなかったのだろう。店員はにこにこしながら近寄ってきて、花の説明を始めた。

「綺麗でしょう。ホウセンカなんですよ。白やピンクはよく入荷するんですけど、珍しく今日のは真っ赤なものなんです」

花の正式名称《めいしょう》を耳に、撫子はわずかに肩をすくめる。「爪紅」は、ホウセンカの別名称。それも、紅いものに限って使われる。一般的な名前ではないのだ。

それは、八重咲《やえざ》きのとても華《はな》やかなもので、つぼみもあるが、ほとんどが咲いている。

「この爪紅、椿咲《つばきざ》きのものだけ全部いただけますか」

ちょっと意地悪《いじわる》な注文の仕方をしつつ、撫子は猫を被った笑顔でフラワーポットのホウセンカを買い求めた。

＊　　＊　　＊

足音を忍ばせるように、彼はそっと生花店を出た。

彼女のあとを追ってさりげなく店内へ入り、ひとりしかいなかった店員が彼女の応対をしているうちに出たのだ。彼の存在は店員にはもちろん、彼女の気にも留《と》まってはいなかっただろう。

生花店からわずかに離れたアンティーク雑貨店の前で立ち止まり、店内での会話を思いだして小さな笑いを漏らす。

「椿咲きの爪紅……か……。ずいぶんと茶目《ちゃめ》っ気《け》のある注文の仕方をしてくれる……」

椿咲き、とは、八重咲きと同じ意味。ときにカメリア咲きなどと称《しょう》されることはあっても一般的に知られた言いかたではない。

生花店の店員でさえ、一瞬キョトンとしていたのだ。花に深く精通《せいつう》した者でなくては口にできない言葉だ。

「爪紅」も然《しか》り。

ツリフネソウ、もしくはインパチエンスならば花が似ているので、店員も客が花の名前を間違えている、と思うかもしれないが、「爪紅」では店員自身もわからなかったようだ。

「店員を困らせちゃ、申し訳ないだろう。……悪い子だな……」

彼はニヤリと口角を上げ、クスクスと笑った。

「悪戯っ子は……躾甲斐《しつけがい》があっていい……」

顔を上げると、磨かれたショーウインドウに楽しげな彼の表情が映る。眉目秀麗の典型のような相貌《そうぼう》に面映《おもは》ゆい感情が浮かんだが、すぐにその表情を引き締め、肩越しに振り返った。

——生花店から、大名小紋に身を包んだ彼女が現れる。たくさんの爪紅をかかえ……。

＊　　＊　　＊

「んふふ～、かわいぃ～」

ラッピングペーパーに包まれたホウセンカをかかえ、撫子はすっかりご機嫌だ。

やはり花は心がなごむ。さっきまであんなにイラついていたというのに、そんな気分は吹き飛んでしまった。

行くあてもなく家を出てきて、どこへ行くかも考えずに歩いていたが、いつの間にやら街燈《がいとう》がともりビルや店舗のイルミネーションが煌《きら》めきだしている。土曜日というせいもあるのか人通りも多いようだ。

ホウセンカに気持ちが癒《いや》されたおかげで身体が空腹感を訴えだす。屋敷へ戻れば夕食の準備ができているのだろうが、せっかくのいい気分が例の話題で壊されてしまうのも惜しい。

「ちょっと、一杯飲みたいなぁ……」

酒豪《しゅごう》というほどではないがアルコールは嫌いではない。気分がいいときは、その気分のままお酒に酔ってしまいたくなる。

コンビニで缶ビールの一本でも買えば手軽にほどよい酔い心地を味わえるかもしれないが、まさかこのスタイルのままコンビニ前でビールの一気飲みを披露《ひろう》するわけにもいかない。

歩いているのはちょうど飲食店が数多く並ぶ通りだ。手頃な店はないものかと周囲を見回すと、ビルとビル間に気になる蔵戸《くらど》を見つけた。

うねりのある木製の看板には、和食と地酒《じざけ》という文字。入口がライトアップされていて営業中なのがわかる。

雰囲気につられ、撫子は蔵戸へ続く石畳へ足を進める。背後からもうひとつ足音が聞こえてきていたが、彼女は同じように店へ向かう客なのだろうくらいの意識しか持ってはいなかった。

巾着金具《きんちゃくかなぐ》蔵戸や純和風の雰囲気から、店内にも同じようなイメージを持っていたが、中へ入るとモダンな内装の空間が広がっていた。

店内図によれば一階にはカウンター席と小上《こあ》がり、二階には個室の座敷《ざしき》もあるらしい。撫子が着物姿であったことに気を遣《つか》ってくれたのか、対応した女性店員は小上がり席を用意してくれた。

本来、ひとりで来店した客ならばカウンター席へ案内されるようだ。撫子のあとに入ってきた男性客が同じくひとりだったが、カウンター席へ向かううしろ姿が何気なく目に入った。

初めて入った店で親切にされると嬉《うれ》しくなる。それに加えて、料理もお酒も美味《おい》しいとなればなおさらだ。

「美味しーい」

今の状態が、まさにそれ。

撫子はすっかりご機嫌《きげん》だ。

「ここにして大当たり。うれしーぃ」

グラスをかたむけ、柚子酒《ゆずしゅ》を味わう。この果実系のさっぱり感が、注文した鰻釜飯《うなぎかまめし》や旬《しゅん》野菜のかき揚げに実によく合う。

入店して料理を待つあいだは、お通しの茶豆《ちゃまめ》に合わせてお銚子《ちょうし》の日本酒を注文し、日向燗《ひなたかん》で香りを楽しみつつ喉《のど》を潤《うるお》していた。柚子酒は二杯目だ。

（ちょっと飲みすぎかな）

食事と一緒についつい盃《さかずき》が進んでしまったとはいえ、お銚子一本に果実酒だ。あと何口かでカラになってしまいそうなこのグラスが空《あ》いたら、シメの日本酒をもう一杯頼もうかとさえ思っている。

兄に見られたら、やんわりと注意をされてしまいそうだ。「女の子が大酒を飲むものじゃない」と。

「兄様は、女子に夢をみすぎなのよ。女だって、お酒が飲みたければいくらでも飲むし、それで気分が盛り上がっちゃったりもするものだわ」

珍しく兄に文句を言いたくなってしまう。それだけ撫子は、いい気分になっていたのだ。お酒のせいでもあるが、なんとも心地良い。気持ちが大きくなってくると、考えることまで大きくなってくる。

このよい気分のまま屋敷へ戻って、「縁談など絶対に嫌だ」と父の前で啖呵《たんか》を切ってみようか。兄が慌《あわ》て、母が悲しんでも、今ならできる気がした。

(別にわたし……、酒乱《しゅらん》とか、そういうのじゃないわよね……)

お酒に手伝われると、明朗快活な性格にさらに磨きがかかる。それは、お酒を覚えた二十歳の誕生日頃から自覚していることだ。

この勢いにまかせて親が勝手に決めた縁談など蹴《け》ってしまいたい。見たことも話したこともない男と結婚させられるなんてまっぴらだ。

「……わたしには……、理想の王子様がいるんだからね……」

ポツリと出てしまった言葉が、なんとも照れくさい。撫子はグイッとグラスをあおり、最後のひと口を飲みきった。

「お見事、お見事。いける口だねぇ、彼女」

すると、そんな言葉とともに軽い拍手が聞こえてきたのだ。

顔を横へ向けると、二十代後半とおぼしき男がふたり、小上がりの前に立っている。スーツ姿でノーネクタイだ。すでにデキあがってしまっている雰囲気を感じることから、撫子が席に着く前から飲んでいたものと思われる。

「オレたちさぁ、ずっと向こうの席から見てたんだ。着物姿の女の子が入ってきたから。着物も珍しいけどさ、女の子がひとりで、っていうのも珍しいし」

「待ち合わせかと思ったけど、違うよね。ねぇ、どうしてひとりなの？　それとも急遽《きゅうきょ》おひとり様になっちゃったとか？」

「もったいないよねぇ。美人がひとりでさぁ。お酒好きなの？　見た感じ若いよね、いくつ？　二十歳にはなってるよね」

「結構飲めるみたいだし、このあとオレたちと飲みに行こうよ。ワインとか好き？」

交互にまくし立てられるが、そのほとんどは撫子の頭には入っていない。彼女の頭に浮かぶのは、たったひと言……。

（……うるさい……）

もしもそんな気持ちが目に見えるなら、彼女のこめかみに怒《いか》りマークが浮かんでいるのがわかっただろう。

（せっかくいい気分でいるのに……。なんなのよ、ぶち壊しじゃない）

不快な縁談を断固拒否できそうなほど気持ちが奮《ふる》い立っていたというのに。おまけに心に秘めた「理想の王子様」まで思いだし、気分は最高潮《さいこうちょう》だったというのに。この不躾《ぶしつけ》な男たちのおかげで一気に盛り下がってしまったではないか。

（無視しとこうか……）

こんな手合いに関わり合うのも腹が立つだけだ。撫子が無視をしたままグラスを置くと、男のひとりが身を乗り出し座卓へ手をついた。だが男の酔いは思った以上だったらしく、そのままバランスを崩し小上がりの上に倒れこんでしまった。

「あっ……！」

撫子が思わず声をあげてしまったのは、決して男の身を案《あん》じたからではない。男が倒れたのと同時に、座卓《ざたく》の端に置いていたホウセンカの花束が落ちてしまったのだ。おまけに、もうひとりの男が倒れた相棒《あいぼう》を起こすために花束をはねのけ、小上がりの下へ落としてしまった。

「ちょっと！　なんてことするのよ！」

怒り心頭に発する、とは、このこと。

彼女の気持ちを癒してくれたホウセンカ。大好きな花を無下《むげ》に扱われたのだ。これが怒《おこ》らずにいられるものか。

「だいたい、なんなのよ！　酔っ払いに用はないわ！　ピーチクパーチクうるさいのよ、気分ぶち壊しじゃないの、消えなさいよ！」

酔いが怒りの炎に油を注《そそ》ぎ、撫子は勢いよく立ち上がった。だが、酔っているついでに怒りだしたのは、男たちも同じだったのだ。

「なんだとぉ、このっ！　優しくしてやりゃイイ気になりやがって！」

「優しくしてくれなんて言ってないわ！　話しかけてくれとも言ってない！　不愉快《ふゆかい》よ、人がいい気分でいるときに！」

「女がひとりでかわいそうだと思って声かけてやったんだろうがよ！　ふざけんな！」

「あんたたちみたいに、女なら誰でもよさそうな男に同情されるほど安くできてないわよ！」

「てめぇっ、このっ！」

酔いというより、怒りで顔を真っ赤にした男たちが小上がりに足をかける。ひとりが手を伸ばしてきたので捕まらないように身体をかわすが、男の手は撫子の袖を摑み、グイッと引き寄せた。

身体が持っていかれそうになる。振り払おうと力任せに腕を引いた、……そのとき――

バシャッ、という水音がして、男ふたりの頭上から水が滴《したた》り落ちたのだ。

水は背後から襲《おそ》ってきたらしく、男たちの背で止まり、撫子にまで被害は及ばなかった。驚いた男が撫子から手を離し、目を丸くして背後を振り返る。

撫子も男たちの背後に視線を向けた。なにが起こったのか、把握《はあく》できない。

「失礼」

そこに、ひとりの男が立っている。彼の手には取っ手の付いた木桶《きおけ》が携《たずさ》えられていた。

「あんたたちが無下にしたかわいそうな爪紅に水をあげようと思ったんだけど。ちょっと、かけすぎたかな？」

端整《たんせい》な顔立ちをした背の高い男だ。スーツの雰囲気から、撫子のあとに店へ入ってきていた男性かもしれない。

撫子は彼の言葉に引きつけられ、目を大きくした。

(この人、爪紅って言った……)

驚いてしまった理由は、青年のひと言。

彼はこのホウセンカのことを「爪紅」と呼んだのだから。

「てっ……てめぇっ……なんだってんだ、いきなり……！　水かけるとか、バカじゃねぇの、空気読めよ！」

いきなり水などをかけられては怒るのも当然。最初に噛《か》みついたのは撫子に摑みかかっていた男だ。血の気も酒の量も多かったのか、男が着けている赤いピアスと同じくらい顔を紅潮《こうちょう》させている。

言葉とともに手を伸ばし、青年の胸倉《むなぐら》を摑もうとしたに違いない。しかしその手は、逆に青年の手に摑まれた。

「彼女の袖を摑んだのは、この手か？」

「はぁ？」

返事を待つまでもない。青年は男の背後に回り、その腕をひねり上げた。

「いっ……いてぇっ……！　痛てぇっての！」

「まったく。躾もなっていなけりゃ、風流の〝ふ〟の字も知らない手だ。だいたい、彼女がどうしてあの花を傍《そば》に置いていたのかわからないのか」

「わかるか、そんなもっ……、はなせ、畜生《ちくしょう》っ！」

相棒がやり込められているのだから、もうひとりが加勢しないわけにはいかない。だが肝心《かんじん》の片方は逃げ腰になっている。吊り目も垂れ下がる始末で、両手を浮かせオタオタしていた。

そんな吊り目の手に木桶の取っ手を引っかけ、青年は失笑する。

「ホウセンカの花言葉は、〝私に触《さわ》らないで〟。つまり、彼女はおまえたちのように、侘《わび》も寂《さび》も粋な花詞《はなことば》もわからないような下等な人間には、近づいてほしくないって言ってるんだよ」

「なんだとぉ……、てめぇっ！」

血気盛んに叫んでいるのはこの男だけだ。それでも店内で常識以上に大きな声を出していれば、店の人間どころか客の視線も集めてしまう。

近くでは騒動を止めようと女性従業員がオロオロしている。男がさらに腕をひねり上げられ苦痛の呻《うめ》きをあげたことで、彼女はさらに怯《おび》えてどうすることもできない。

「お客様、申し訳ございませんが、店で騒ぎは……」

見かねた男性従業員が、大きな騒ぎになる前にと駆けつけてくる。

青年は赤いピアスの男を解放し、相棒へ押しつけた。

「ここで警察を呼ばれて、せっかくの週末をふいにしたくないなら大人しく出ていくんだな。それとも無理やりこの子を連れ出すかい？」

呆然と事の成《な》り行《ゆ》きを傍観《ぼうかん》していた撫子だったが、いきなり指を向けられ身体が固まる。この状況で「じゃぁ、連れていく」などという展開にはならないだろうが、わざわざ煽らなくてもよいではないか。

　ここでゴネても得なことはなにもない。酔っていてもそれは理解したらしく、男たちは青年を睨みつけながら踵《きびす》を返した。

　従業員が席へ戻るかどうかを尋《たず》ねたが、男たちは無言のまま出口へ向かう。どうやら会計をして店を出るようだ。

「まったく……」

　その様子を見ながらハァっと息を吐き、青年は前髪をかき上げる。足元に落ちていたホウセンカを拾い上げ、散らばっている数枚の花びらを拾った。

「物言わぬ花のほうが、かしましい女よりよほど美しいというのに。それを無下に扱うなど、信じられない馬鹿者どもだ」

　切り花に慈《いつく》しみを向ける青年の表情に、撫子は一瞬ドキリとする。

　この青年は、きっと花が好きなのだ。撫子の経験と思い出を振り返ってみると、花が好きな人間に悪者はいない。だいいち、今だって撫子を助けてくれたではないか。

　撫子は小上がりから下り、草履《ぞうり》を履いて青年の前に立った。

「あの……」

　お礼を言おうと思ったのだ。放っておいても従業員が駆けつけてきてなんとか騒ぎを収めてくれたはずだが、そこへわざわざやってきて、男たちを追い払うどころかホウセンカ

にまで心を砕《くだ》いてくれたのだから。

彼は「爪紅」という言葉をなんの抵抗もなく使った。きっと、とても花が好きな男性なのだろう。

(――〝あの人〟みたいに……)

とくん……、と、記憶の片隅で、淡く甘酸っぱい思い出が疼《うず》く。

だが、ふんわりとしたよい気持ちは、次の瞬間にあえなく砕かれた。

撫子が話しかけようとしたとき、青年が眼光炯炯《がんこうけいけい》と彼女を睨みつけたのだ。

「ちょっとこい」

「えっ……え……、あのっ！」

青年はいきなり撫子の腕を掴み、傍にいた女性従業員にカードを渡す。ふたり分の会計を頼むと、彼女を引っ張って蔵戸へと足を進めた。

「ちょっ、ちょっと……」

撫子は慌てるが、彼の力は強く、腕を振りほどくことも立ち止まることもできない。これはいったいどういうことだろう。助けてやったのだから自分につきあえという意味なのだろうか。

それではさっきの男たちと同じではないか。

「ちょっと、放してよ！」

腕を振り上げ、青年の手を振り払おうとする。とにかく強い力で掴まれているので、撫子は力任せに腕を引いた。簡単に離れるとは思っていなかったが、意に反して彼の手はスルリと外れ、彼女の身体は勢い余ってぐらついてしまう。

離れた手に驚きつつも、立ち止まったのは店の外通路。同じく立ち止まった青年を見上げ、撫子は痛みが残る腕をさすった。

「な……なんなんですか、いきなり。痛いじゃないですか」

「まったく……、馬鹿《ばか》か、おまえは！」

いきなり怒鳴《どな》られてしまい、撫子の言葉と動きが止まる。青年はホウセンカを彼女の腕に押しつけると、腕を組んで彼女を見下《みくだ》した。

「ああいう場合はな、上手くかわして店の人間に助けを求めるもんだ！　おまえが絡まれ始めたとき、仲居が駆け寄っていこうとしていたんだぞ。それなのにおまえが応戦するから、入り込むに入り込めなかったんだ！」

「で……でも、いきなり着物を摑まれて……」

「それでも、あんな場所で脱《ぬ》がされるわけじゃないだろう。さっきみたいに啖呵を切れば、逆上して絡まれるのは当たり前だ。とんでもないじゃじゃ馬だな！」

「じゃっ……」

青年の言葉に、撫子は柳眉《りゅうび》を逆立《さかだ》てる。

いきなり店の外に連れ出し、説教ついでに「じゃじゃ馬」とは、初対面の女性に向かって無礼《ぶれい》にもほどがある。

「本当のことを言われて悔《くや》しいのか？　そんな恰好《かっこう》をした女が、こんな場所でひとりで大酒くらってイイ気になっているから、こういう目に遭《あ》うんだ。身の程《ほど》をわきまえろ」

青年の言葉にも一理《いちり》あるのかもしれない。だが、言いかたというものがある。

（なんなの、この男！）

撫子はホウセンカの花束を抱きしめ、その鮮やかな紅を見つめる。

悔しさが湧き上がるなか、無下に扱われたこの花に青年が向けた慈愛《じあい》の目に、一瞬でも心が揺れた自分を恥《は》じた。

だが、このまま言われっぱなしでなどいられるものか。彼女は顔を上げ、青年に詰め寄った。

「なによ！　女がひとりでお酒飲んでちゃいけないの⁉　夜にひとりで食事をしていちゃいけないの⁉　イイ気になってるとかなんとか、そっちの考えかたのほうがおかしいわ！」

叱責《しっせき》を甘んじて受けていた撫子の突然の反抗。青年が口をつぐんだのを見て、彼女の中にはしてやったりという思いが生まれる。

女性を軽《かろ》んじて威張りくさるこの手の男は、強気の反撃をされると驚いて言葉をなくすことが多い。

撫子は一歩リードしたかのような優越感《ゆうえつかん》に包まれていたが、そんな気持ちはあっという間に打ち砕かれた。

「ガキ」

「は……？」

「ただのじゃじゃ馬かと思えば、とんでもなくガキでやんちゃな女だな。呆《あき》れてものが言えない」

「や……やんちゃ……」

「女がひとりで食事に出るなと誰が言った。女がひとりで酒を飲んでちゃいけないなんて、ひとっことも言っていないだろう。俺はな『そんな恰好をした女がひとりで』と言ったんだ」

「な、なにが、悪いのよっ」

青年は反撃に怯《ひる》むどころか、撫子の態度を鼻で笑う。彼女は不覚にもうろたえてしまった。

「おまえに絡んだ男たちも言っていただろう。着物姿の若い女がひとりで飲んでるってのは珍しいんだ。変に目立つから、ああいった手合いには目をつけられやすい。それを回避《かいひ》したいと思うなら、せめて洋服で出てくるべきだ」

講師のお役を終えたあと、収まりきらない苛立ちのままに出てきてしまった。屋敷にいたら、いつ縁談の話をされるかわからない。とにかく早く外へ出たくて、着替えにまで気が回らなかったのが本音だった。

食事や飲みに行く際、今までだって着物姿で外出したことはある。だがそういったときは必ず誰かが一緒だった。友人であったり、家族であったり、知人であったり。

育った環境が環境だけに、撫子にとって着物は珍しいものではない。

だが、通常は違うのだ。

「着替えるところにまで頭が回らなかったのなら、酒はやめて食事だけにすべきだった。飲んでもお銚子一本ぐらいにしておくべきだ。自分の身を守るために、そこまで気を回せていないからガキだっていうんだ。そして、それを指摘されて食ってかかるなんて、やんちゃどころか〝きかん坊〟じゃないか」

「き、きかっ……」

さっきから、青年は間違ったことは言っていない。それはわかっている。だが、なんというか、彼はひと言多すぎやしないか。

これではせっかく素直に言うことを聞こうと思っても、そのあとのひと言につい苛立ってしまうのだ。

そうなってしまうと、わずかに残る酔いも手伝って言い返さずにはいられなくなる。

「しっ、失礼な男ね！　やんちゃだの、きかん坊だの！　初対面の人間に向かって言う言葉じゃないわよ！」

「あいにく俺は、初対面だからっていい人ぶって、相手の粗相を注意できない人種とは違うんでね。悪いものは悪い。それを言っているだけだ」

「だからって……そんな言い方をする必要は……！」

納得できないことには妥協《だきょう》したくない。さらに撫子は食ってかかろうとしたが、青年がふんっと失笑したのを見て言葉を止めた。

この完全な上から目線はなんだろう。彼は撫子の反抗を、歯牙《しが》にもかけない。あるいは、いい気になって目の前を飛びまわる蚊《か》に、いつトドメを刺してやろうかと腕を出して待ち構えているようにも見える。

――食いついてこい。叩き潰してやる……と。

撫子は込み上げる悔しさに耐えるよう、グッと唇を引き結ぶ。腕に力がこもりホウセンカを潰してしまいそうになる。気持ちを落ち着けようと大きく息を吐いた。

自分の意見に絶対的な自信を持っている人間には、なにを言っても無駄である場合が多い。それが男ならばなおさらだ。つまり、ここでの言い争いは、不毛《ふもう》。

撫子は帯から札入れを出し、小さく折った懐紙《かいし》を手に取る。それを、腕を組んだまま威《い》嚇《かく》し続ける青年の腕のあいだに挟んだ。

「なんだ？」

「わたしの飲食代です。それで足りるでしょう。余った分は、馬鹿な女に施《ほどこ》した授業料だと思ってお受け取りください」

懐紙には折りたたまれた一万円札が包まれている。青年が撫子の分までカードで会計をしたのを思いだしたのだ。

店の外へ出てこの説教をするためだったのだろうが、こんな男に支払ってもらってはせっかくの美味しい食事とお酒が台無しだ。

これ以上、こんな虫の好かない男の顔を見ていてたまるものか。撫子は会釈《えしゃく》をして早々に踵を返した。

さっさと帰ろう。気分直しに飲み直す気持ちにもなれない。

札入れを帯に戻し、ホウセンカを抱き直して息を吐く。帰ったら小和室にこもって花を活けよう。花に触《ふ》れていれば、きっと気持ちも晴れるはずだ。

そう考え歩調も早まったとき、いきなり腕を掴まれた。

「え……ちょっ……」

青年が撫子の腕を掴み、早足でどんどん歩いていく。彼は背も高いがそのぶん足も長いので歩幅が大きい。撫子は引かれるままについて行くのがやっとだ。手を振り払う余裕も持てない。

気を抜けば、着物の裾《すそ》を踏んでしまいそうだ。

「ちょっと、離して……」

足が絡まりかけたとき、青年が突然立ち止まる。勢いがついていたせいか彼の腕に身体がぶつかってしまった。

そんな撫子のことは気にも留めず、青年は立ち止まった道路わきで合図を送りタクシーを止める。ドアが開くと、放り投げるように彼女を後部座席へ押しこんだ。

「素直に家へ帰れ。わかったな」

威圧的な口調で彼女に言い渡し、彼は運転手に向かって撫子から渡された懐紙に包まれた一万円札を差し出す。

「すぐに出てください。ああ、お釣りはいらないそうです」

身体を引きながら、呆然とする撫子に向かってニヤリと笑って見せた。

「じゃぁな。〝じゃじゃ馬〟」

「……なっ……」

最後の最後にこの捨てゼリフ。

収まりかけていた怒りが再発しそうになった瞬間、タクシーのドアが閉まる。青年が言ったとおりタクシーはすぐに走り出し、柳眉が逆立つ前に彼の姿は窓から消えた。

「お客さん、どちらまで？」

そう尋ねられても撫子はすぐに言葉が出ない。耳の中では、ついさきほどの青年の声が彼女の感情を煽り続けた。

——じゃぁな、じゃじゃ馬。

（しっつれいねぇっ!!）

憤慨《ふんがい》しそうにはなるが、グッと言葉を呑みこんだ。

もう二度と、あんな男と会うことはないだろう。これで、心も平穏《へいおん》に戻るはずだ。

そう、思っていた……。

『はじめまして。撫子さん』

一週間後の〝その日〟。

縁談相手の顔を見るまでは……。

『大和伊吹です』

そう言って優雅に微笑んだ男性が、あの失礼で最悪な男と同一人物であることを知るまでは……。

この男が、自分の結婚相手なのだと、思い知らされるまでは——。

第二章　あなたを見守る　デュランタ

月曜日。撫子は昨日の出来事を思い返し、悪夢のような日曜日だった、と思う。

こんなに腹の立つ出来事は、ひと晩たっぷりと眠って忘れてしまおう。昨夜は、そう考え早々に蒲団《ふとん》へ入った。

だが癇に障る伊吹の失笑が目の前でチラつき、なかなか眠りにつけなかったのである。

ぐっすりとは眠れなかったものの、忘れてしまおうと願った甲斐《かい》あってか、翌朝の撫子は昨日のことをほとんど記憶に残していなかった。

ただし、伊吹のこと以外は、だ。

見合いの席でなにを話したか、自分がどんなことを言ったか、さらには褒めちぎってくれた伊吹の母の顔さえも、ぼんやりとしたものに変わってしまっているというのに。

伊吹の嫌味な顔と言葉だけは、脳裏に深く刻まれてしまっている。

『俺が思わずベッドに引っ張りこみたくなるような大和撫子なんだって、証明してみせろ』

あのときは、「破談にしてやる」という言葉だけに舞い上がって深く考えてはいなかったが、今になって思い起こしてみると、とんでもなく恥ずかしい言葉だ。

（ベッドに引っ張りこむとか……。よくもまあ、羞《は》じらいもなくそんな言葉が使えるものだわ）

男女の交《まじ》わりというものを、撫子はまだ経験したことがない。それどころか、異性との交際経験もないのだ。

伊吹としては、大人のジョークをまじえた煽りのつもりだったのかもしれないが、撫子にしてみれば言葉の意味を考えただけで頬が熱くなる。

（……でも、……と、いうことは、あいつは、そういう女が好みなのか……）

ベッドに引っ張りこみたくなるような大和撫子。伊吹が食指を動かしたくなる女というのは、楚々として上品な、古風な女性ということになる。

「あれだけ嫌味な男だから、きっと、『旦那様でございます』って顔して、亭主関白《ていしゅかんぱく》よろしく威張り散らしたいんだろうなあ……。ふーん、イヤな男……」

なんだかんだと文句を呟きながらも、伊吹のことばかりを考えていた一日。

――それ、は、突然やってきた。

「撫子、ここかい？」

尋ねながら、柊都が台所に入ってくる。夕食もとらず自分の創作部屋へこもっていた兄に、撫子はおにぎりを差し入れしようと考え、台所へきていたのだ。

創作部屋は柊都専用の作業部屋だ。依頼があって花を活けるとき、兄はたいてい創作部屋へこもる。

撫子のエプロンの腰紐を結びながら、家政婦の久子《ひさこ》が柊都に声をかけた。

「あらあら、坊ちゃん。お夕飯はどうします？　坊ちゃんがお忙しそうだから、お嬢さまがおむすびを作るって張り切っていたんですよ」

他にも数人の家政婦がいるが、その中でも久子は一番古い。柊都が生まれる前から東海林家にいるので、かれこれ三十年以上になるだろう。

柊都も撫子も礼儀作法は母に教わったが、外で走り回る遊びは久子に教えてもらったほどだ。

「撫子が？　本当かい、嬉しいな。……あ、でも、今回は、お久さんが作ってくれた夕食を食べようかな」

「あら、無理しないでいいんですよー。かわいい妹さんがかわいい手で握ってくれたおむすびのほうが、美味しいですよ」

古参《こさん》であるぶん、兄妹は久子に懐《なつ》いている。口調が砕けているのもそのせいだ。

エプロンの腰紐を結び終えると、久子は手慣れた様子で撫子の小紋の袖を押さえ、たすきをかけていく。すると、柊都は笑いながらその端を摑んだ。

「そうだね、そのおむすびを食べられないのは本当に残念だよ。でもね、僕が撫子を借りてはいけない状況が起こってしまったんだ」

いまいち理解不能な説明を久子にし、柊都は撫子に微笑みかける。

「お客様だよ。撫子」

「お客様?」

「うん。大和家のご子息だ」

　撫子は息を呑む。思わず全身が硬直するが、そんな妹の気持ちを慮ることなく、柊都は笑顔で撫子のたすきをほどいていった。

「僕が玄関の傍を通ったときにいらしてね。母上に聞いてはいたけれど、礼儀正しい好青年だね」

「お、お兄様……、お話しなさったのですか……」

「少しね。すぐに客間へお通ししようかと思ったのだけれど、ここはやっぱり撫子に出迎えてもらったほうがよいと思って」

「……こんな時間に、ですか……？」

「まだ八時前じゃないか。彼も仕事帰りにいらしたみたいだよ」

説明をしながら柊都は撫子のエプロンを取り、たすきと共に久子へ渡す。彼女の背に手を添《そ》えて、ゆっくりと促しながら共に台所を出た。

見合いの席へ来られなかった父や兄に、母は張り切って伊吹がどんな人物であったかを話したらしい。父は伊吹に会ったことがあるようだが、柊都は初めてだ。これだけ機嫌良く撫子を呼びにきたということは、伊吹はよほど兄にいい顔を見せたのだろう。

（あの……猫っかぶりっ！）

ひとまず、自分のことは棚に上げる。

それにしてもなんということだろう。今日は朝から伊吹のことが頭から離れない日だったというのに、そのシメに本人が現れるとは……。

「撫子さん！」

玄関へ続く廊下へ出た途端《とたん》、嬉しそうな声がかかる。はるか真正面に視線を向けると、三和土《たたき》に立ったまま、伊吹が軽く手を上げて挨拶をする。

「こんばんは、撫子さん。こんな時間に申し訳ありません」

爽やかで明るい口調。撫子を促していた柊都も、満足げにうんうんと頷いている。

外面を繕っているのは明らかだ。撫子は早足で廊下を進み、彼にそらぞらしい笑顔を向けて声をかけた。

「ごきげんよう、大和様。どうなさったのですか？　〝こんな時間〟に、いらっしゃるとは〝ご連絡もなしで〟」

ふたつの言葉を強調し、じわじわと彼を責める。丁寧に聞こえる口調だが、彼女が言いたいのはただひとつ。

（なにしに来たのよ。連絡もなしに来ることのできる時間でもないでしょう。この非常識男）

もちろん、そんな心の声は口に出さずとも伊吹には伝わっていることだろう。撫子の態度にイラついて一瞬でも不快《ふかい》な表情を見せてくれれば、それを見た兄は伊吹に対する評価を下げるに違いない。

撫子はイメージダウンを目論《もくろ》んだのだが、近寄ってきた彼女を見つめ、伊吹はふわりと微笑んだ。

「今日はご連絡もしてはいないので、あえて耐え忍ぼうと思ったのですが我慢できませんでした。撫子さんにお会いしたくていても立ってもいられず、仕事が終わってから、つい車を走らせてしまったのです」

撫子の嫌味に彼はまったく取り合わない。それどころか、片腕にかかえていた大きな花束を彼女へ差し出したのだ。

「今日お召しになっている小紋も、とてもかわいらしいですね。それは鴇鼠色《ときねずいろ》？　いいえ、淡藤色《あわふじいろ》でしょうか。まるで、僕が貴女にお持ちしたこの花に合わせてくれたかのようだ」

大きな和紙とラッピングペーパーにくるまれた花。

それは、色鮮やかな、藤色のデュランタだった。

「タイワンレンギョウですか？　とても綺麗な薄青紫色ですね。たしかに、妹の小紋によく似合っている」

花束を覗きこんでから、柊都は撫子に目を向ける。伊吹の言葉を本心だと疑わない彼は、そのおべっかを引き継ぐかのごとく言葉を続けた。

「今日はお務めがないからと、自分で好きな着物を着たと言っていたよね。選んだ淡藤色が、偶然にも大和さんの選んだ花と色が酷似しているなんて。きっと、感性の相性がいいんだね」

「ほっ、ホント、偶然っ。まるでどこからか覗いていたようっ」

相性がよい、を否定したいばかりに、撫子は笑顔を引きつらせながら伊吹にストーカー疑惑をかける。

だが、柊都には通じない。

「小紋に付いた飛び柄の刺繍《ししゅう》はオレンジ色の実。タイワンレンギョウは、花が終わるとオレンジ色の実をつけるんだよ。なんだろう、この素敵な相互性は」

（そこまで無理やり〝相性いいんだね説〟を作らないでくださいっ、兄様っ！）

口にこそ出さないものの、撫子は思い切り心で叫ぶ。

微笑みながらも奥歯を噛み締める妹を意に介《かい》さず、柊都は「たしかそうでしたよね、大和さん」と、伊吹に確認する。

もちろん伊吹は爽やかな笑顔で問いに答えた。

「ええ。副家元はよくご存知だ。切り花としてだけではなく、その花が散り実をつけた姿もご存知とは。さすがですね」

柊都を称え、伊吹は撫子に差し出していた花束をわずかに横へ移動させた。

「しかし、感性の相性がよいとお褒めいただいたというのに、僕はとんでもないミスを犯してしまったようです。申し訳ありません副家元、この花束、お預かりいただけますか」

「どうかしましたか？」

「はい。撫子さんに会えると浮かれるあまり、僕は花束を大きくしすぎてしまいました。この大きさと重さでは、撫子さんの腕に負担をかけるどころか彼女の姿を隠してしまう」

目の前に差し出された花束を柊都が受け取る。その大きさからたしかに重いと思ったのか、穏やかな表情の口元に微苦笑が浮かんだ。

花束の中から、伊吹はひと房《ふさ》分の花を手に取る。それを両手で撫子へと差し出した。

「それでも、どうかひと房、撫子さんの手で受け取ってやってください」

「あ……ありがとうございます。大和様」

なんとか平静を装《よそお》い、受け取った花が落ちないよう左腕で支える。薄青紫の花は、本当に彼女の小紋によく似合っていた。

デュランタは、垂れ下がる花茎《かけい》に小さな花を房状《ふさじょう》につける。柊都が口にしたタイワンレンギョウとは観賞用として目にする機会が多い種類で、呼びかたは違えど花としては同じもの。

デュランタとして有名なのは、青紫色の小さな花びらの周囲が白く縁取られたものだが、伊吹が持ってきたのは薄青紫一色だ。

（これはこれで、珍しいわよね）

花を大切に支え、撫子は下駄箱から客人用のスリッパを出す。上がり框《かまち》に揃えるあいだ、伊吹と柊都の会話に耳を傾けた。

「真白いものは知っていますが、薄青紫一色のものはあまり見ないような気がします。素材としてタイワンレンギョウを使うときも、たいていは濃い青紫色に白い縁取りがある花ですよ。こう、フリルみたいに、ひらひらした」

「それは、デュランタ・タカラヅカという品種です。副家元がおっしゃるとおり、白い部分がひらひらとしてかわいらしいので人気のある品種なんですよ。栽培されているのもタカラヅカが一番多いんです。育てやすいように品種改良されていることも、人気のひとつでしょうね」

「そうなんですか。さすがに大和さんは、お仕事柄お詳しい」

「いいえ。僕などまだまだ知識が浅くて。かえって秘書のほうが博識《はくしき》です。品種改良される花のルートを完璧に網羅《もうら》している。ときに僕のほうが教えられます。『え？　ご存知じゃないんですか？』とか言われると、『あ、すみません』と小さくなってしまいますね」

「大和さんをやり込める秘書ですか。凄いですね。お会いしてみたいです」

「ぜひ会社に見にいらしてください。でも、怖いですよ。美人なんですけどね」

男ふたりでアハハと笑い合ったあと、伊吹は撫子がスリッパを揃えてくれたことに気づいたのか、それまでの笑顔を控えめな微笑みに変えた。

「ありがとう、撫子さん。少し、おじゃましますね」

「どうぞ……」

上がり框でスリッパに履き替え、伊吹が廊下に上がる。兄もかなり背が高いと撫子は思っていたが、同じ場所に立つと伊吹のほうが長身であることがわかった。

（副社長なんだっけ。秘書にやり込められる副社長って、どうなのよ。ふーんだ、偉《えら》いのは肩書きだけなんじゃないの？　お坊ちゃん育ちなんだし。そういうの〝独活《うど》の大木《たいぼく》〟っていうのよ）

身長が高くてお坊ちゃん育ちなのは柊都も同じだが、撫子は副家元としての名を持つ兄の実力を知っている。木偶《でく》の坊の仲間に入れる気など毛頭《もうとう》ない。

心の中で伊吹に悪態をついていると、不意に本人が顔を近づけてきたので驚いてビクッと小さく震えてしまった。

「デュランタがとても似合っていますよ。いいえ、撫子さんには、どんな花もよく似合うように思います」

「お、おそれいります……」

「本当は、慎ましやかな貴女に合わせて藤の花をご用意したかった。ですが季節的に用意が間に合わず、色も形もよく似たデュランタにしてみました。でもよかった。とてもかわいらしい」

「花が、ですか？」

「いいえ。撫子さんが」

照れもためらいもなにもなく、伊吹は次々と褒め言葉を口にする。

傍で聞いている柊都は、よほど撫子は伊吹に気に入られたのだと思っていることだろう。

だが撫子からしてみれば、称賛の言葉すべてが軽薄な嫌味にしか聞こえない……。

「まあまあ、こんな所で戯《たわむ》れていないで、客間にでもご案内しなさい、撫子」

「たわむっ……？」

その言いかたはどうだろう。いかにも仲良さげなイメージではないか。ひとこと物申そうと構えた瞬間、柊都の追撃が飛び出した。

「それとも、撫子の部屋にでもご案内するかい？　お久さんにお茶を用意してもらうよ。ああ、大和さんはコーヒーのほうがいいですか？」

「いいえ、僕もお茶をお願いします。申し訳ありません、余計な気を遣わせてしまって」

「なにを言われます。妹をこんなに気に入っていただけて嬉しい限りですよ。どうぞごゆっくりなさってください」

「ありがとうございます。連絡もなく突然の訪問でしたので、不作法者と咎《とが》められてしまうかと思っていました」

「いいえ。いつでもいらしてください。歓迎しますよ」

「そんな嬉しいことを言っていただけると、お言葉に甘えて毎日撫子さんの顔を見に来てしまいそうです」

「ぜひ、そうしてやってください」

(兄様っ、ちょい待ちっ！)

盛り上がる伊吹と柊都に、撫子の心から発せられる絶叫は……。

もちろん、届かない。

「申し訳ありません、撫子さん。調子にのってしまいましたが客間のほうで結構ですよ。撫子さんのお部屋などに入れていただいたら、気が昂《たかぶ》って今夜眠れません」

「ま……まぁ……」

くるりと振り向き顔を近づけてくる伊吹に、ホホホと引きつり笑いを見せる。

――そんな撫子にしか見えない角度で、伊吹はニヤリと皮肉な冷微笑を浮かべた……。


「失礼いたします」

――失礼しないで、ここにいてっ！

言えるなら……。撫子は久子にそう言ってしまいたかった。

ふたり分のお茶を出して久子が下がると、静かな音を立てて襖《ふすま》が閉まる。

純和室造りの八畳間。東海林家に数室ある客間のうちのひとつだ。

床《とこ》の間《ま》には撫子が活けた花が飾られ、まるで「話題にしてくださいね」と言わんばかりだ。

浅いどんぶり型の変形花器に、ススキ、リンドウ、小菊。形として現代花的な趣《おもむき》があり、気どりのないデザインに仕上げられている。

気を遣う客人なら、初めに話題にしようと思うに違いない。だが、その客人たる伊吹は、向かい合わせに座った座卓の向こうで優雅な微笑みを浮かべたまま撫子を見つめている。

　この微笑が、いつあの勝ち誇ったような高慢《こうまん》ちきな顔に変わるのか気になり、撫子はジッとしていられない。

（昨日みたいにいきなり笑いだして、猫っかぶり、とか言ったら、頭上で湯呑みをひっくり返してやるんだから）

　着物がしわになってしまいそうなほど膝を握りしめるのは昨日に引き続き二度目。しかし、手に力を入れたところで撫子はハッと気づく。

　伊吹にひと房預けられたデュランタを手に持ったままだったのだ。

「おまえ、兄さんの前でも猫被ってんだな」

　伊吹の皮肉が飛んできたのと、撫子が立ち上がったのとは同時だった。さっきまで彼の言葉を待ちながらお茶をひっくり返す心の準備をしていたというのに、タイミングを外してしまった。

　撫子はじろりと伊吹を一瞥し、ひとまず床の間の前に座ってから、反論した。

「別に被ってないわ。兄様はおっとりした人だから、あの場であんたに突っかかったって、あんたは大猫被ってるんだから、一方的にわたしが悪いようにしか見えないじゃない。兄様に変な心配させたくないから、あんたに合わせてあげただけよ」

　花器を前に座り、デュランタの茎《くき》を手折る。水面に茎が触れるように添え、小菊の配置をわずかに変えた。

お茶を引っ掛ける隙を窺うより、まずは花を水に触れさせてあげることが先だった。

手の中でしんなりとしていた花びらが、水を得て瑞々《みずみず》しい薄青紫色に変わったような気がする。嬉しくなった撫子は、ふわりと口角をなごませた。

「兄さんに優しいと思ったら、花にも優しいんだな。俺が持ってきた花なんて触りたくもないって、ふたりきりになった途端に投げつけられるかと思ったぞ」

「なによそれ。いやな奴にもらおうと投げつけられようと、花にはなんの罪もないわ。花に八つ当たりなんて、論外よ」

「ふうん……。意外とまともなことを言うんだな」

「まともな……って。相変わらずひと言多いわねっ」

「その優しさ、俺にはくれないのか?」

「お断りよ、あんたみたいに失礼な……!」

ムキになって振り向き、腰を浮かせようとする。しかしそこで撫子の言葉も動きも止まってしまった。

いつの間にか伊吹が撫子の背後に移動し、横から彼女を覗きこんでいたのだ。

あまりの近さに驚いて撫子は膝を横へ移動させるが、床の間の段に当たり行き詰まってしまった。さらに伊吹が膝を進めてきたので、距離は縮まるばかりで逃げ場がない。

「お断りは駄目だろう? 婚約者に向かって」

「まっ、まだ婚約してないっ。というより、する気もないしっ」

「俺はすぐにでも結納品《ゆいのうひん》をかかえて押しかけたいのに」

「人を、じゃじゃ馬だの、きかん坊だの、散々《さんざん》バカにしておいてよく言うわよ。だいたい、約束はどうしたのよ、約束はぁっ」

「約束？　ああ、もちろん覚えてるさ」

ひと言話すたび、伊吹が距離を縮めてくる。さりげなく逃げるが身体が反《そ》り返って床の間に片手をついてしまった。

「無駄な一ヶ月間になるとは思うけどな。ウチの母さん、今日は結納品の手配をしてたぞ。正直、昨日家へ帰ってから、しこたま怒られて愚痴《ぐち》られた。『どうしてあんなことを言ったの』って」

叱られたと眉を下げながらも、その口元は笑っている。そんな嫌味な表情を目の前にして、撫子も口をへの字に曲げた。

母親に叱責を受けたのは、撫子とて同じだったのだ。

昨日、見合いの場はとてもなごやかで、ふたりが中庭での散歩から戻ったあとも滞《とどこお》りなく話は進んだ。両家の母親は、すぐにでも結納をと考えていたことだろう。

だが、それらしき話が出かかったとき伊吹が言ったのだ。

『このお話をまとめるのは、一ヶ月ほど待っていただけませんか。本心を言えば、僕の気持ちはすでに決まっているのですが、事を急いでは撫子さんのご負担になるのではと案じております。撫子さんは清楚《せいそ》で奥ゆかしい女性ですから、出会ったばかりの男と縁談の話を進められてしまっては、戸惑いがあると思うのです。何度か撫子さんとお会いさせてもらって、彼女が僕に慣れて想いを寄せてくれるようになった頃、改めて準備を進めたいと考えているのですが』

普通に聞けば、非常に誠実な言い分だ。

伊吹は撫子を気に入ったが、彼女に女性としての精神的負担を与えたくはないのだという立場を取り、撫子は慎ましやかなお嬢様として、特定の男性と将来を見据《みす》えたおつきあいをしていくための心構えを得る時間をもらう、という立場を取った。

だが裏を返せば、撫子が伊吹に慣れてくれないから慣れるまで待ってくれ。という意味。

伊吹の母親としては、「あんな期間を設《もう》けなくても、あなたがちゃんとリードしてあげれば済むことでしょう」と息子を責め、撫子の母親としては、「あんな優しくていい方を、なぜ拒む必要がありますか。正式に結納を交わしてから、その後のおつきあいの中で相手を知っていくという方法だってあるのに」と娘を責めた。

（なんとなく、話の経過的には、すぐに結納を交わせないのはわたしが根性なしだから悪い、みたいな感じになっている気がするんだけど……）

撫子としては、少々納得がいかない。

「……でも、一ヶ月の勝負にわたしが勝ってこの話を破談にするって決まったら、なんて言い訳するの？　あんた、またわたしに原因をなすりつける気なんじゃないでしょうね」

「ん？　破談にするときは俺が負けたときだからな。俺に非があって、とてもじゃないけどこの良縁を進めてもらえるような立場じゃないって土下座して謝るさ」

「非、って、なによ」

「そうだな……。人妻と不倫していたとか、三股かけていたうちのひとりが妊娠してしまったとか……」

「ふっ、不倫、してるの……？」

「してねーよ」

「さ……三股、かけてるの？」

「かけてねーよ、面倒くさい。馬鹿かおまえ。破談の口実に決まっているだろ」

「えっ、えげつないっ」

「このくらい言えば嫌でも破談になる。だから頑張れ」

撫子は目をぱちくりとさせる。

「なんで応援するの？　わたしが頑張ったら、あんたの負けだよ」

「おまえが空回りしてんの見るの、楽しいから」

「なっ……！」

ひと言多い男だと最初から思ってはいたが、それは間違いだ。

彼は、ひと言、多すぎる。

ついでに話しながらじりじりと詰め寄ってくるので、身体どころか、すでに吐息を感じられるところまで顔が迫ってきている。

片手を床の間に着いてはいるが、身体を反らすにも限界がある。ついにガクリと肘を崩してしまい、撫子はうしろに倒れそうになった。

下手をすれば、花器を倒してしまう。撫子はここにきてとんでもない失態《しったい》を覚悟したが、素早く回された伊吹の腕が彼女の身体を支えた。

撫子は伊吹の腕に包まれ、その胸に身体を押しつけられてしまったのだ。

これは言わば、抱きしめられている、という状態ではないのか。

「ちょっ……」

文句を口にしようとして、はたと気づく。

下手をすれば、撫子はバランスを崩して倒れてしまうところだった。あわやのところを支えてもらったのだから、これは文句よりも先に礼を言うべきだろう。

「あ……あの……」

「放してほしいか？」

「え？　それは……」

「今放せば、間違いなくおまえはこの床の間に倒れこんで、俺にあられもない姿をさらすことになるけど」

「あられもないとか、言わないでよっ」

ムキになって伊吹を見上げる。目が合った瞬間ニヤリと彼の口角が上がり、撫子は嫌な予感に襲われた。

その予感は見事に当たる。なんと伊吹は、不安定な体勢の撫子から手を放したのだ。

「きゃっ……！」

今度は手をつく余裕もなく、身体が大きくうしろへ傾き、両方の膝頭が離れそうになる。このままでは、本当に冗談抜きであられもない姿になってしまう。

しかし伊吹は再び腕を伸ばし、撫子の身体を引き戻したのだ。

「びっくりしたろう？」

「……ぁ……」

（助ける気があるなら、そんなややこしいことしないでよ、馬鹿っ！）

あまりにも驚いてしまって出るべき文句が出ない。それでも相変わらず抱きしめられているような体勢になっているので、それをなんとかしてほしいという意味で伊吹の腕をぽかぽかと叩く。

言葉にできない憤懣《ふんまん》が彼女の中に溜まっているのを知りつつ、伊吹はハハハと笑いながら片方の腕を彼女の膝《ひざ》の裏へ回し、そのまま抱きかかえるように床の間から離れた。あとは離してくれるだろうと思いきや、彼は胡坐をかいて座り、なんと足のあいだに撫子を横向きに座らせたのだ。

「ちょ、ちょっと、離しなさいよ。もういいわよ、離してっ……」

「おやぁ？　家元のお嬢様は、あわやふしだらな醜態《しゅうたい》をさらすかもしれなかったところを助けた男に、礼のひとつも言えないのか？　はぁん、そうか、実は〝そんな姿〟をさらしたかったんだな？　それを助けたから、怒っているんだろ？」

「そんなわけないでしょう！　なに言ってんのよ、離しなさいよ！」

伊吹の胸を押して離れようとするが、身体をしっかりと抱いている腕はビクともしない。抵抗の意思表示として足をバタつかせてもよいのだが、そんなことをすれば上前《うわまえ》が乱れて襦袢《じゅばん》どころか足が丸見えになってしまう。

「だいたいねぇ、倒れそうになったのだって、あんたが寄ってきすぎるから悪いんでしょう！　謝るべきはあんたのほうじゃない！」

「逃げなきゃよかったろう」

「逃げるわよ、馬鹿っ！」

ついつい声を荒らげてしまうが、その勢いはピタリと止まる。撫子の唇のすぐ横に、伊吹がチュッと音を立てて軽いキスを落としたのだ。

（ななな っ……なにすんのよぉっ！）

怒りを含んだ焦りは言葉にならない。驚きのあまり声が出ないとは、こういうことか。

「なに、鳩《はと》が豆鉄砲《まめでっぽう》くらったような顔してんだよ。これはキスじゃない。興奮してでっかい声を出すなって意味だ。昨日と同じだ。お前の品のないがなり声を聞きつけて、さっきのお手伝いさんか副家元が飛びこんできたらどうする。この体勢を見た瞬間、速攻で襖は閉まるぞ。『ごゆっくり』ってな」

言われてハッとした撫子は、現実を見つめる。

膝にのせられ、しっかりと抱きしめられた体勢は、事情を知らぬ者から見ればなんとも意味深だ。男女のいい雰囲気しか感じられない。

（こ、こんな姿見られたら、たまったもんじゃないわ！）

焦る撫子を面白がるように、伊吹は半開きになった彼女の唇を人差し指でつつく。

「それとも、なぜこっちにしてくれなかったって怒っているのかな？」

「ふ、ふざけんじゃないわよ、い、いくら唇の横でも、……いきなりとか、失礼でしょうっ」

唇に触れる手を掴むが、その手は反対に握り返された。

「ああでもしなきゃ、おまえのがなり声が止まりそうにもなかったからな。このじゃじゃ馬は、混乱するほど怒らせるか照れさせるかすれば鳴《な》きやむ。昨日と一週間前とで確認済みだ」

言われてみればそうだったかもしれない。悔しいが、伊吹の正論に反論する言葉もないまま彼を睨みつけていると、皮肉そうに上がっていた口元がふわりとなごんだ。

「撫子」

（よっ、呼び捨てっ！）

いきなりの呼び捨てに身体が固まる。猫を被っているときは「撫子さん」、ふたりきりのときは「おまえ」としか呼ばれたことしかなかったので驚きだ。

そしてまた、名前を呼んだときの伊吹がとても穏やかで優しい表情をしたので、不覚にも撫子は目をみはり彼を見つめてしまった。

「ありがとう、は？」

「え？」

「ちゃんと『ありがとう』を言わないと放してやらないぞ。いくら俺がイイ男だからって、見惚れてばかりいたら口が開かないだろう」

「見惚れてないっ。自惚《うぬぼ》れないでっ」

抵抗しつつ頬が赤く染まる。悔しいけれど、見惚れていたのは事実だ。

(なにやってるのよ、わたし！　馬鹿っ、もうっ！)

撫子が動揺しているのは、おそらく伊吹にも伝わっている。そんな様子をからかってきてもよさそうだが、伊吹は撫子を見惚れさせた表情を崩さぬまま彼女の言葉を待っているだけだ。

「あ……ありがとう……。危うく、倒れるところだったわ……」

素直に礼を口にする。すると伊吹は握っていた撫子の手を口元へ持っていき、その指先に唇をつけた。

「よくできました」

(ちょっとぉっー！)

驚いて振り払おうとする前に伊吹の手は離れ、拘束《こうそく》の腕が解《と》かれる。撫子は慌てて彼の膝から下りた。

「そんなに慌てて下りることはないだろう。冷たいな」

「お生憎《あいにく》さまーっ。平均体温は高いほうよ」

「そういうの、子ども体温、っていうんだよな。考え方が子どもなら、身体も子どもか」

「ほんっと、ひと言多すぎる男ね」

着物の膝を押さえながら座卓へ戻る。不用意に足を崩したせいで、上前の崩れが気になるほどかなり乱れてしまっていた。

一瞬でも、着物から覗いた足を見られてしまったかもしれない。そう考えると、撫子は強い羞恥心《しゅうちしん》に襲われた。

撫子に合わせ、伊吹も座卓に戻る。出されていた湯呑みを手に取り、一気に飲んでしまった。

喉が渇いていたのだろうか。撫子はおかわりを用意しようと戻された湯呑みに手を伸ばすが、伊吹に止められた。

「いや、おかわりはいらない。今日のところはこれで失礼する」

「そうですか。それは、それはっ」

本人が腰を上げるより早く撫子が立ち上がる。彼女の口調は、嫌味なほど単調で棒読みだ。

さも「早く帰れ」と言われているように感じたのだろう。伊吹はこぶしを口にあて、クッと笑いを堪《こら》えながら立ち上がった。

「そうだ。確認したかったんだが、おまえ、本当にやる気があるんだな？」

「なにが？」

「意気込んでたろ？　『大和撫子になる』って」

「そうすれば破談にしてくれるんでしょう？」

「条件を綺麗にクリアできれば、だぞ」

「あ、あんたが認める大和撫子になれるって、証明すればいいんでしょう」

「俺がベッドに引っ張りこみたくなるような、ってくだりを忘れるなよ」

撫子は言葉に詰まる。できればそこは、一番口にしてほしくない部分だ。

「と、とにかく、そういう女性になれるから、あんたにお情《なさ》けをかけてもらわなくたって大丈夫なんだって、証明してあげればいいんでしょう。わかってるわよ」

「了解。じゃあ俺も、本気でおまえを見ていてやる。そのつもりでいろ」

「ええ。見てなさい。おしとやかにしとくのなんて簡単よ。ダテに二十三年間この立場にいないわ」

「二十三年物のでっかい化け猫かぶってるもんな。ときどき剝《は》がれて暴れ出すみたいだけど。その猫を臨機応変《りんきおうへん》に使い分けることができれば、おまえも大人なんだけどな」

「猫っかぶりはお互い様でしょう。あんただって母様や兄様の前では……」

「俺は場面場面によって使い分けている。普段の顔、装《よそお》わなくてはならないときの顔、会社での顔、女に見せる顔、それぞれを上手く使い分けるのが大人だ」

撫子だって上手くやっているつもりだ。だが伊吹から見れば、彼女の上品さはただの猫かぶりにしか見えず、柔軟さがないとでも言いたいのだろう。

いくら生まれたときから風雅《ふうが》な世界で育ったとはいえ、学校を卒業し、今まで以上にさまざまな人間と関わっていかなくてはならない立場に置かれたばかり。

女性として磨かれていくのだって、これからなのだ。

伊吹がどの程度の大和撫子を求めているのかはわからないが、もしかしたら撫子は、とても難しい約束事をしてしまったのではないのだろうか。

「一ヶ月間だ。わかってるな」

「わ……わかってるわよ」

つい声が揺らいでしまった。一瞬の戸惑いを悟れば、伊吹はまたいつもの失笑を見せるだろう。その表情を見るのが悔しくて、撫子は足早に襖へと向かった。

大きくガラリと開け放ち、廊下へ向かって声を張り上げたのだ。

「まあ、大和様、もうお帰りですの？　なんのお構いもいたしませんで、申し訳ございませんっ」

わざとらしいほどの大きな声だった。ただし、あくまで、にこやかに……。

すると、その声を聞きつけたらしい柊都が廊下の向こうから姿を現した。

「大和さん、お帰りなのですか？　撫子がなにか失礼でも？」

部屋へ入って三十分とたってはいない。少しでも話が弾めばもう少し長い滞在になるはず。こんなに早いのは、撫子が失礼をしたせいなのでは……と心配したようだ。

しかし廊下へ出た伊吹は、にこりと笑って片手を軽く振った。

「いいえ。とんでもありません。かえって僕のほうが上手くお話ができず、撫子さんに呆れられているのではないかと心配です。それに今日は、連絡もせずに来てしまいました。長居をするのは失礼かと……」

そこまで言って、伊吹は撫子へ顔を向ける。

「撫子さんにもご予定があったでしょう。突然の訪問で貴重なお時間をいただいてしまいましたね。ですが、僕は貴女にお会いできてとても嬉しかった。ありがとう」

「……い、いいえ、そんな」

撫子は言葉に詰まった。場面に合わせて自分を作れると言っていた伊吹。今は完璧に〝婚約者となるべき女性に愛慕《あいぼ》を募らせる男の顔〟になっている。

彼の爽やかな態度が心地いいのか、柊都も穏やかな笑顔を崩さない。

悔しいが、これが伊吹の言っていた、場面場面に合った大人の対応なのだ。

「明日も撫子さんのご機嫌伺いに来たいと考えているのですが、よろしいでしょうか。僕の勝手な言い分ですが、毎日でも会いに来たいくらいです。明日はなにかご予定が……」

「明日は午前中だけのお務め予定だから、午後からはなにもなかったよね、撫子」

伊吹の問いに答えたのは柊都だった。普段は人の会話に口を挟むなど決してしない兄が、率先《そっせん》して口を出してくる。彼はよほど伊吹が気に入ったらしい。

（母様に続いて、兄様まで丸め込むなんて……）

口惜しいことこの上ない。しかし撫子は笑顔を繕い、引き攣《つ》ってしまいそうになる口元を指先で隠した。

「はい。ぜひお待ちしておりますわ。でも、よろしいのですか？　大和様、お仕事がお忙しいのでは……」

「撫子さんにお会いできるなら、残業も吹き飛ばす勢いで仕事を片づけますよ。きっと、厳しい秘書も喜んでくれるでしょう」

「まあ」

撫子はクスクスとかわいらしく笑って見せるが、内心、「仕事しろっ」と悪態をつく。

彼女はその表情を保ったまま、兄と共に伊吹を玄関先で見送った。

（ああ……、お塩、撒《ま》きたい）

柊都が一緒ではなかったなら、すぐにでもあの嫌味ったらしい背中に向かって塩のひとつかみでも投げつけてやりたい。

――しかしそれは、大和撫子がやることではないだろう。

撫子はキュッとこぶしを握り、その衝動を鎮《しず》めようとした。

ふと下駄箱の上に花器がひとつ増えていることに気づく。そこに見えるのは、投げ込み式で活けられたデュランタだ。長く伸びたススキと調和して、なごみある雰囲気を作り出している。

「気づいたかい？　あまりにもたくさんあったから、分けて飾ってみたんだ。撫子がいただいたものなのに勝手をして悪かったね」

撫子がジッと見ていると、柊都の説明が入った。彼女は遠慮がちに言う兄に笑顔を向けた。

「いいえ、さすがお兄様です。急ごしらえでしょうに。とても綺麗」

伊吹にも言ったが、花に罪はない。持ってきた相手が気に食わなくても、花自体に対しては素直に綺麗だという感情が持てる。

「それにしても、大和さんはやることがお洒落《しゃれ》な人だね」

「なぜですか？　花を持参《じさん》されたからですか？」

「撫子は気がつかなかったのかな？　気づいたら感動するよ。これからお互いわかりあっていこうとする相手に、彼はデュランタを持ってきた。デュランタはね、花言葉に〝あなたを見守る〟っていう意味を持っている花なんだよ」

つまりは、貴女を知るために見守っています。そんな心の表れだと、柊都は言いたいようだ。

（……見守る……）

それだけを考えるのならいい話だが、撫子はどうしても伊吹に言われた言葉と重ねてしまう。

『本気でおまえを見ていてやる。そのつもりでいろ』

本当に、大和撫子になれるのか。

——まあ、無理だろうけどな。

見守る、の意味から、その先までを想像してしまった。

撫子の中には、どうしても苛立ちを感じざるを得ない感情だけが残ったのだ。

第三章　恋の終わり!?　コスモス

――これは夢だ……。

撫子は、それを自覚していた――。

足元に白い花びらが散っている。

それだけではなく、花そのものまで散らされている。

小さなかわいらしい花。茎を折られ、踏みつけられた形跡《けいせき》を残したものも……。

こんな惨状を見た撫子は悲しくて堪らない。零《こぼ》れそうな涙をこらえ、その場に屈《かが》んで花たちを拾い集める。

そんな彼女は、通っている学園の初等部《しょとうぶ》の制服を着ていた。

かわいそう。どうしてこんなことをされなくてはならなかったのだろう。花になんの罪があったというのだろう。悔しさと憤りが、彼女の胸を埋めた。

すると、自分ではない手が散らばっている花びらを拾い始めたのだ。

驚いて見上げると、そこにいたのは見知らぬ男の子。見覚えのある小学校の制服を着ている。

彼は最後まで一緒に花を拾い、落ちていた花びらを自分のハンカチに包むと撫子に渡した。

——なでちゃんは、頑張り屋さんで、エライね……。

言われた言葉は覚えているのに、その子の声や顔はぼんやりとした形でしか記憶に残っていない。

それは、まだ幼等部《ようとうぶ》から初等部へ上がったばかりの頃だった。

儚《はかな》い夢のように曖昧な記憶。

けれどあの日、撫子の小さな胸の中には、白い花びらが舞い落ちてくるような、ふわりふわりとした柔らかな想いが宿ったのだ……。

（どうして、夢になんか見ちゃったんだろう）

手に取った可憐なピンク色のコスモスを見つめ、撫子の心には疑問が浮かぶ。

今日見た夢。あれは、夢にありがちな作りごとではなく、撫子が幼い頃に体験した事実だ。

胸にしまい続けている思い出。ときどきふとした瞬間に思いだして温かな気持ちを感じるものではあっても、しっかりと夢に現れたのは初めてのような気がする。

そんな過去の出来事を、なぜ夢にみてしまったのか……。

夢はときとして深層心理の表れだともいう。

伊吹が花を大切にする性分であると知り、それが、同じく誰かに無下にされた花を大切に扱ってくれた少年の思い出と、重なってしまったのではないか。

(ちょっと待ってよ。あいつと一緒にしないでよ!)

撫子がみた夢なのだから、一緒にしてしまったのなら自分の責任だ。

だが彼女は、嫌味な顔ばかりではなく花を慈しむ顔などを見せる伊吹が悪いのだと、自分でも不可解な感情を彼のせいにした。

「ねえ、そうよね。撫子さん」

急に呼びかけられ、撫子は凝視《ぎょうし》していたコスモスからやっと目を離す。彼女の前では、一見上品そうな婦人が三人座卓につき談笑をしている。ともに母親ほどの年齢で分家《ぶんけ》の親戚だ。

その繋がりから、つきあいのある書道家の個展に添える花を頼まれ、撫子が活けることになったのだ。

会場に出向き、案内された和室で作業に入っていた。撫子が花を活けているところを見たいと言って、三人が同席を決め込んだのだ。

とはいえ、ときどき花器を覗きはするが、もっぱら本人たちはおしゃべりで盛り上がっている。

もちろん撫子はそんな話に入る気もない。黙々と作業をしながら、不覚にもみてしまった夢のことを考えていた。

だが、いつの間にか三人の話題は撫子に振られていたらしい。

「え？　あ、はい……」

なんのことやらわけがわからず戸惑うが、とりあえず返事をすると三人はまた勝手に話を続けた。

「本当に良いお話をいただいたわね。凄いわ。ヤマト・フラワーコーポレーションのご子息なんですってね」

「撫子さんだからいただけたお話よね。あそこのご子息は、かなり固くて真面目な方らしいから。……ここだけの話、二十八歳で浮いた話のひとつもあったことがないとか」

「まあ、お若いのに。それに、かなりの美男子だと聞きましたよ」

黙って聞いているうちに、なんとなく話が見えてくる。どうやら噂の中心は撫子の縁談であるらしい。

この三人は撫子の母親とも仲がいい。伊吹を気に入っている母のこと、おそらく縁談の話を得意げに吹聴《ふいちょう》したのだろう。

（……よけいなことを）

あまり大勢の人に知れ渡ってしまっては、破談にする際にいろいろと面倒だ。

たとえ伊吹に非があったことにしてくれる約束でも、破談になれば撫子に同情が集まる。ほとぼりが冷めるまで、傷心の乙女のふりをし続けることになるだろう。

一ヶ月などと悠長《ゆうちょう》なことを言っている場合ではない。あまり話が広がらないうちに決着をつけなくては。うんと上品なところを伊吹に見せつけて、さっさと終わらせよう。

奮起《ふんき》する気持ちとは裏腹に、強い焦りも感じる。それが、早く話をつけなくてはと考えるところからきているのか、はたまた、あの伊吹を納得させることができるだろうかと弱気になる気持ちからきているのか。

今の状態では自分でも判断しかねるが、早く結果を出すに越したことはない。そして、縁談の話が、興味本位の尾ひれを伴《ともな》って独り歩きするのは好ましくない。大切な思い出の中に、あの失礼な男が介入してくるのも不快だ。

撫子は笑顔が引き攣る。なんとかそれを手元のコスモスで癒やし、場をしのいだ。

残業も吹き飛ばす勢いで仕事を片づけると言っていた伊吹。

その場に合わせた口八丁かと思いきや、十九時を回ったころ伊吹は本当にやってきた。

昨日は彼の出現にうろたえた姿を見せてしまっている。二日も続けて優位に立たれてなるものか。意表《いひょう》をついた応対をしようと、撫子は嬉々《きき》として伊吹を歓迎したのだ。

「ごきげんよう、大和様。お待ちしておりました。お仕事もお忙しいことでしょうし、本当に来ていただけるのかと、心配で胸がつぶれそうでしたわ」

心躍《おど》っている様子を見せながらも、浮かれることを恥《は》じらう仕草を覗かせる。滲み出る奥ゆかしさに、玄関で共に伊吹を出迎えた柊都のほうが目を丸くした。

異性にこんな態度をとる撫子は初めて見る。妹は、この婚約者候補に心を奪われつつあるに違いない、そう感じたことだろう。

この変わりようを目の当たりにして伊吹が少しでも怯んだのなら、してやったりと溜飲《りゅういん》を下げることができる。

ところが伊吹は、玄関から廊下へ上がり撫子の前に立つと、手にしていた花束を差し出しながら彼女の手を握りしめたのだ。

「なにをおっしゃいますか。胸がつぶれそうだったのは僕のほうだ。嬉しいですよ、撫子さん。貴女も、僕と同じ気持ちでいてくれたのですね」

さも感動を表すかのように、彼はそのまま詰め寄る。渡された花束がなければ身体がピタリと密着してしまいそうなほどの近さだ。

色とりどりの可憐なコスモスの花束。しかし撫子はその花ではなく、彼女にだけ見える失笑寸前の伊吹から目が離せなかった。

笑いたくて堪らない。けれど今噴き出すわけにはいかない。

伊吹の気持ちを代弁するなら、きっとそんなところだろう。

表面上大歓迎を見せた撫子を、まったく信用していない。だが彼の態度に不快を表してはいけない。笑顔を崩せば、撫子の変化は柊都から丸見えだ。

伊吹は兄に背を向けている。ゆえに、どんな表情を見せようと撫子にしか見えないので平気なのである。もしやこんなに嘲《あざけ》ってみせるのは、なにか意図《いと》があるのではと邪推してしまった。

撫子にムッとでもさせて、柊都にそれを咎《とが》めさせようとしているのではないか……。

（そ、そんな手にのるもんですかっ）

必死に微笑みを持続《じぞく》させる撫子。柊都にはふたりが見つめあっている……かのように見えるのであろう。すっかり誤解をしてしまったようだ。

「午前中から、なにかソワソワしていると思ったら……。待ちわびていたというところなのかな、撫子は」

実際落ち着きはなかったのかもしれないが、それは決して柊都が言うような理由からではない。たとえるなら、決闘《けっとう》前の武者震いのようなものだ。

「ほら、大和さんを客間にご案内して。今日は時間もあるし、ゆっくりと話ができるよ。よかったね」

「は、はい……。そうですね」

「大和さん、よろしければお酒の用意をしようかと思うのですが、いかがですか。帰りはハイヤーを手配いたしますので」

予想以上の反応を見せた妹に気をよくしたのだろう。柊都は珍しくアルコールを勧める。だが表情を柊都用に整えた伊吹は、くるりと振り返り卒《そつ》なく答えた。

「ありがとうございます、副家元。ですが、今アルコールなどを入れてしまっては、僕は浮かれるあまり撫子さんの前でみっともない振る舞いをしてしまうかもしれません。酒に負けて気が大きくなっては大変です。せっかくですが、遠慮をさせてください」

「おや？　絡み酒ですか？」

「可能性はあります。お酒には弱いとお伺いしている撫子さんの前で、もしもの可能性は避けたい」

「意外ですね。お強いように見えますが」

笑い合うふたりを見ながら、撫子は伊吹と出会った日のことを思いだしていた。

酒に負けて気が大きくなるとか、絡み酒がみっともないとか、おまけに「お酒は遠慮する」のひと言は、明らかに割烹店で騒ぎを起こした撫子への当てつけではないか。

「大和様、こちらへどうぞ。ご案内いたします」

これ以上、言いたい放題の皮肉を聞かされてなるものか。撫子は笑顔を固定させて、右手で廊下の先を軽く示し伊吹を促した。

「今日はわたしがお茶を淹《い》れさせていただきますね」

「撫子さんが？　それは嬉しい。楽しみです」

「淹れ慣れていないので上手くはないの。苦くなってしまっても、お許しくださいませね」

「撫子さんが淹れてくれるのなら、煮出したセンブリだろうと飲み干しますよ」

センブリという薬草は、千回煎《せん》じても苦みが残ると言われているほど苦い。撫子も口にした経験があるが、舌につけただけで顔が固まってしまったほどだ。

（本当にセンブリ煎じてやろうかしら……。たしか、父様専用のがあったはず……）

密かにそんなことを企みながら、昨日と同じ客間へ移動する。伊吹を中へ通し自分も室内へ入ると、両手で静かに襖を閉めた。

振り返った瞬間、いきなり襖についた伊吹の両手が撫子の左右をふさぐ。彼女はビクッと身体を震わせた。

「なーに、びっくりしてるんだ」

両腕のあいだで固まっている撫子に、伊吹が顔を近づける。歯向かってくるのを待っているように見える目を、撫子はキッと睨みつけた。

「いきなり詰め寄られたら、驚くのは当たり前でしょう」

「昨日は驚かなかっただろう？」

「昨日はいきなりじゃなくてジリジリ寄ってきたから……、って、そんなことどうでもいいから、手をどけなさいよ」

「冷たいな。さっきはあんなに大歓迎してくれたのに」

「さっきは……、兄様もいたし……。あんただって、ムッとして出迎えられるより、『待ってました』みたいに出迎えられたほうが嬉しいでしょう」

無駄とは思いつつも、撫子は少しでも伊吹から離れようと背筋を伸ばし、うしろへ反る。

背には襖。力を入れて貼りつくわけにはいかない。おまけに帯のお太鼓《たいこ》の幅があるおかげで、身体を反るとそのぶん伊吹を見上げる形になってしまう。

そんな撫子の顎を、伊吹の手が包むようにすくった。

「そうだな……。どっちかといえば、俺が嬉しいと思う出迎えは、こっちかな」

そう言ったかと思うと、彼の顔がゆっくりと近づいてくる。それはまるで、唇にキスでもしようとしているかのようだ。

顔が近づきすぎていて恥ずかしい。撫子は顎を固定されながらも、顔を傾けなんとかそらそうとした。

「ちょ……ちょっと……、なにしてんのよ……」

「ん？　俺が喜ぶ出迎えの仕方、教えてやろうと思って」

「そ、それがなんで……、なんなのよ、これじゃぁ、まるで……」

「キスしようとしてるみたい、って言いたい？」

そのままの言葉を出され、撫子の頬が染まる。友だち同士の会話でもあまり話題にすることはない言葉。文字ではよく目にするが、ハッキリ言えば経験はない。

そんな環境にいる撫子にとって、唇へのキスというものは性行為の一環《いっかん》だという認識があり、羞恥を煽られるのだ。

「ハズレてはいないぞ。しようとしてるし」

「なに言って……っ」

驚いて大きな声が出そうになるが、顎に添えられている手が親指で撫子の唇を押さえる。言葉が止まると、彼は彼女の顔を真正面へ据えた。

「俺が嬉しいと思う出迎えの仕方、知りたいんだろう？」

それとこの行動に、どんな関係があるというのだ。撫子は反論しようとするが、指で唇を押さえられているため声を出すことができない。

強く押さえられているわけではないので唇を動かそうと思えばできる。ただ、唇で人肌のぬくもりを感じているという状態に戸惑いを覚え、動かすことができないのだ。

「俺が嬉しいのは……、〝出迎えのキス〟だ。覚えておけ」

指が外される。だが、撫子の唇にはすぐに違うものが触れ、温かな感触に覆われた。

――伊吹の、唇だった。

バサッ……と、片腕にかかえていたコスモスの花束が足元へ落ちる。

あまりの驚きに、撫子の息は止まり目が大きく見開かれた。すぐ目の前には、細められた伊吹の双眸《そうぼう》がある。至近距離で見つめられていることに耐えきれず、思わず強く瞼《まぶた》を閉じてしまった。

唇が触れているとはいっても軽く表面に重なっているだけだ。それでも唇同士が重なっているという事実には変わりがない。

どうしてこんなことになってしまっているのかわけがわからず、撫子には羞恥心と共に苛立ちが湧き上がった。

「ちょっと……離し……」

顎を押さえる伊吹の手を両手で掴む。この手を離してもらわないことには、顔を動かすともできない。

抵抗の意味を込めて、わずかに身体をよじり足を動かそうとする。そんな撫子を伊吹が制した。

「動くな。……花を踏むぞ」

重く静かな声。怒りは含まれていないが、とても厳しい声音《こわね》だった。撫子の身体は再びこわばる。伊吹の言葉を聞いて、足元に落とした花束の存在を思いだしたのだ。

花束は伊吹と撫子の間に落ちている。伊吹が後退するならまだしも、撫子が足を踏み出したり下手に動いたりなどすれば花そのものを踏みつけてしまいそうだ。

むやみに動くことはできない。だが、だからといって黙って突っ立ったままでは伊吹の為《な》すがままになってしまう。

「……はな……してよ……。なんなのよ……」

伊吹の唇がわずかに離れた隙をついて言葉を出す。まだ吐息さえ感じる近さに彼の顔がある気配を感じるので、目を開くことができない。

「どうして？　もう少し歓迎してくれないのか？」

「ば……馬鹿じゃないの……、なんでこんな……」

「おまえ、大和撫子になるんだろう？」

「そ、それとこれと、なんの関係があるのよっ。男の悪ふざけにホイホイつきあうのが大和撫子じゃないわっ」

伊吹の言葉にあまりにも理不尽《りふじん》なものを感じ、撫子は思わず瞼を開く。途端に彼女を見つめる瞳が目の中に飛びこんできて、一瞬ひるんでしまった。

視線だけを横へそらし彼の目から逃げようとするが、撫子を見つめるどこか甘ったるい表情はシッカリと視界に入ってくる。それは、なんとも形容し難《がた》い、むしろ形容するのが恥ずかしくなるような、男の色気というものを感じる表情だ。

「俺は、言ったはずだぞ。『俺がベッドに引っ張りこみたくなるような大和撫子なんだって証明してみせろ』って」

「だから、大和撫子っていうのは、そんな都合のいい……」

「よく考えろ。『俺が』って言ってるんだ。つまり、『俺が』求める大和撫子になってみせろ、って意味だろう」

撫子は逸《そ》らしていた視線を伊吹へ戻した。

彼を凝視しながら、改めて言葉の意味を考え直す。

――俺がベッドに引っ張りこみたくなるような……。

（……そういう、意味……？）

〝俺が〟がポイントだったのだ。

伊吹が、ベッドに引っ張りこみたくなるような、大和撫子……。

つまりは、伊吹好みの女にならなければならないということ。

「……それって……」

「言っただろう。本気でおまえを見ていてやるって。じゃじゃ馬は調教し甲斐がありそうだ」

「ちょうきょっ……⁉」

文句を言いかけたが、伊吹がふっと微笑んだことで言葉は止まる。彼は花を踏むなと制したときと同じ声で問い詰めてきた。

「どうする？　撫子」

昨日と同じように呼び捨てにされ、ドキリと胸が鳴る。伊吹は撫子がうろたえる姿を楽しむように選択を迫った。

「俺が認める大和撫子になって、俺を屈服《くっぷく》させるか？　それとも、大人しく降参《こうさん》して、家のために俺と結婚するか？」

「それは……」

「降参してもいいぞ。そうしたら、明日にでも結納品をかかえて押しかけてやる」

「やっ、やるわよっ。なるわよ。言ったでしょう、あんたにわたしを認めさせるって」

結納品など持ってこられては完全に後《あと》がなくなる。慌てて撫子が答えると、伊吹がふわりと微笑んだ。

（えっ⁉）

撫子は目を見開く。この表情は昨日も見たような気がする。

すると伊吹は、襖についていた手で彼女の右手を取り、指先に唇をつけた。

「よくできました」

そこでハッと気づく。あの微笑みもこの仕草も、昨日撫子に「ありがとう」を言わせたときに見せたものと同じではないか。

（まさか、これの意味って……）

彼の行動の意味に見当がつきそうになる。しかし考えこむ間も与えられないまま、指から唇を離した伊吹は再び撫子の横に手をついた。

「じゃあ、俺好みの出迎えをしてもらおうかな」

「い、今、したじゃないの」

「あれで満足できるか、馬鹿。大歓迎、してくれるんだろう？」

ふわりとした微笑みはどこへやら。彼から漂うのは拒否を許さない強引さだ。

「俺が認める、大和撫子になるんだろう？」

吐息が唇に吹きかかる。またこの温もりが唇に触れるのだと感じ、撫子はきつく瞼を閉じて肩をすくめた。

「……安心しろ。……乱暴なことはしない」

目を閉じる前に見た表情の主《ぬし》が発したとは思えないような、柔らかな声音が彼女を包む。

「俺はただ……、おまえに優しく迎えてほしいだけだ……」

唇が触れる。

ふわり……と、優しく……。

——それなのに、とても熱い。

乱暴なことはしないと言った伊吹の言葉は本当だった。重なった唇は撫子の唇の表面をなぞり、下唇をついばむ。そこには、不快な感情を伴う乱暴さはない。

あの冷笑を浮かべる唇と同じとは思えないほど温かく柔らかいものが、触れては離れ、離れては触れを繰り返す。

特別なことをされているわけではない。それなのに撫子は、ほわりとしたおかしな気分になってきた。

(やだ……ヘン……)

唇から伝わる温かみが脳にまで達してしまったかのよう。全身に熱が渡っていく。

まるで、心地よくお酒に酔ってしまったかのような感覚だ。

この歓迎は、いつまで続けなければならないのだろう。

気持ちがいいのは間違いではないのだが、唇が触れているという緊張感で上手く息ができず、だんだんと息苦しくなってきた。

(足……、膝が震えそう……。どうしよう)

すると、顎を押さえていた伊吹の手が離れ、続いて唇も離れた。

歓迎は終了なのだろうか。おそるおそる瞼を開く。さっきよりは離れているものの、相変わらず間近で撫子を見つめる伊吹の双眸が鼓動《こどう》を高鳴らせる。

彼の表情は、自分が望む大和撫子になれるかと彼女に問うたときと同じ、なんとも色気の漂うものだ。

「いい表情をするじゃないか。撫子」

「な……なによ……」

「とろんとした目をして、赤くなって。酒に酔ったって、そんな色っぽい顔にはならないな。初めてのキスは気持ちよかったか？」

「は……初めて、とか……。からかうのも大概《たいがい》に……」

「でも、初めてなんだろう？」

「……初めてよ……」

言ってもいないのに、なぜ初めてだとわかったのだろう。撫子のたどたどしい態度や緊張を見れば否が応でもわかるものなのかもしれない。

「なかなかいい反応を見せてくれた。完全に受け身で物足りなさは否めないが、まあ、初めてだった、ってことで相殺《そうさい》だな」

偉そうに語られムッとするが、そうなる前に再び右手を取られ、指先に唇をつけられた。

「合格」

「ちょっと……」

文句を言いかける撫子を歯牙にもかけず、伊吹は屈んで足元に落ちていた花束を腕に抱く。そして落ちた衝撃で散ってしまった花びらを拾い始めた。

彼の行動から目が離せないまま、撫子は思いついたままを尋ねる。

「あ、あんたの、この指先に唇をつけるのって、……もしかして、褒めてるって意味なの?」

「ん? ああ、気づいたか。そのとおりだ。俺が言ったことをできるっていうのは、俺が気に入ることをできたって意味だからな」

(え……偉そうにっ)

まさかとは思ったが大当たりだったようだ。撫子は言葉を出せないまま伊吹を凝視する。

きつく睨みつけられないのは、落ちている花びらを拾う伊吹の手つきがとても丁寧だからだ。一枚一枚指で掬《すく》い、二重になったラッピングペーパーの間に挟んでいく。

その姿が、なぜか思い出と重なる。思えば彼は、例の和食レストランでの騒ぎのときも、無下にされたホウセンカを拾い花びらまでいたわってくれた。

(悪い人ではなさそうなんだけれど……)

心から花を慈しめる人に悪い人はいない。撫子はそれを持論《じろん》として信じている。

大切な思い出を夢に見させるほど、彼女の心にインパクトを与えた伊吹。

花にみせる愛情は撫子の心の片隅に住む少年と相通《あいつう》ずるものがある。ときに撫子を憤慨させるとしても、本質は悪くはないのだと思いたい。

「指先へのキスは称賛の証《あかし》し、ともいう。そのまま、ご褒美、って意味だ。まあ、そのうちに本物のご褒美をやるよ」

「本物?」

「婚約指輪」

「どこがご褒美なのよ。お断りよっ」

せっかく気持ちがやわらぎかけていたというのに、台無しだ。

立ち上がった伊吹は、コスモスの花束を撫子の腕に預けた。

「お茶はあとでいいから、先にこの花たちを綺麗にしてやってくれ。おまえが活けているところを見たい」

「え？」

「水も与えずそのまま転がしておくつもりか？　おまえに活けてもらうつもりで、茎も長めのまま持ってきた」

撫子は改めて腕に抱いた花束を眺める。

色とりどりのコスモス。かわいらしくラッピングペーパーに包まれてはいるが、たしかに花の大きさとのバランスを考えるのなら、茎が長すぎるような気がする。

花を活ける姿を人に見られるのは日常茶飯事で、目の前で活けてほしいと頼まれるのも珍しくはない。それなのに、撫子は伊吹の言葉に恥ずかしさを感じてしまった。

――おまえが、活けているところを見たい。

自分の思いがけない感情の揺れに戸惑い、ついつい誤魔化《ごまか》すための材料を探してしまう。コスモスを見ていてハッと思いついたことはあったが、どちらかといえば揚げ足を取るような話題。しかし、どうしようと考える前に撫子は言葉に出してしまった。

「あんたって……、花言葉とか詳しいのよね？」

「ほどほどにな。職業柄、ちょっとした雑学みたいなもんだ」

「じゃあ、コスモスの花言葉とかも、知ってる？」

上目遣いで探るように尋ねる。職業柄の雑学だとはいえ、ホウセンカの花言葉を撫子の立場と重ねて称したり、デュランタに思わせぶりな意味をちらつかせたり、それらをすべて計算の上でやっているのなら、あまりにも巧みで、ちょっとした雑学の域を超えている。

「もちろん知っている。コスモス全般を総《そう》じて〝乙女の真心〟だ。他には〝乙女の純真〟という意味もある。女性の純潔《じゅんけつ》に通ずる美しさを表現した花詞だ」

柊都風に意味を勘繰るのなら、伊吹が撫子の真心に惹《ひ》かれています、という解釈になりそうだ。

しかし、そこに気になるほころびを見つけた撫子は、自信たっぷりな口調で伊吹に挑《いど》んだ。

「そんな綺麗なまとまりを表現したかったのなら、どうしてこの花を入れたの？」

彼女が指差したのは、白、赤、ピンク、黄色などの柔らかなまとまりを引き締めるかのように、数本入れられた茶色のコスモスだ。

あまり見かけない品種ではあるが、花材《かざい》に取り入れると色的に引き締まってまとまりが出る。撫子も、数回だが作品に使用したことがあった。

「茶色のコスモスは、チョコレートコスモスっていう名前でしょう。この花独自の花言葉は〝恋の終わり〟だわ。あまり良い意味ではないわよね。コスモスにこだわった割には、詰めが甘かったんじゃないの？」

これからいい関係を作っていきましょうという意味にしたかったのなら、それを伝えたい相手に贈るべき花ではない。完全に伊吹の失策《しっさく》だ。

──してやったり。

刹那《せつな》、優越感に浸った撫子だったが、その思いはすぐに打ち砕かれる。伊吹がいつもの失笑を見せたのだ。

「よく知っていたな。知らなければ教えてやろうと思っていたのに。そのとおりだ。俺は、おまえに恋の終わりを求めるためにチョコレートコスモスを混ぜた」

「……終わりを求める……？」

「おまえ、好きな男がいるんだろう？　だからこの縁談を断りたい。そう言っていたじゃないか」

撫子は一昨日、伊吹と交わしたやり取りを思いだす。良縁であるはずの話を避けようとする撫子に、伊吹はその理由を問うた。

好きな男でもいるのか、と。

それに対して、彼女はなにも言えなくなってしまったのだ。

撫子には、どうしても我《が》を張って縁談を断りたいほど強く想う男がいる。伊吹はそう理解をしたのだろう。

「どこのどいつかは知らないが、おまえの周囲に特別親しい男の影は皆無《かいむ》。だとすれば、密かに想うだけの恋だということになる。俺はおまえに『そんなものは終わりにしろ』という意味を込めて、この色を混ぜた」

「なにそれ……」

優越感はどこへやら。あまりに腹黒い伊吹の計略《けいりゃく》に、撫子は唖然《あぜん》としてしまう。

「なぜ色とりどりのコスモスに混ぜたと思う？　色だけじゃない、種類もだ。大輪種のベルサイユ、コラレット咲きのサイケ、花びらが筒状のシーシェル、グラデーション模様のピコティ、本《もと》を正せばすべてコスモスという種類でまとめられる。宇宙を表すＣＯＳＭＯＳと語源は同じで、コスモスは調和の象徴だ」

「だ、だからなによ……」

花の講釈を極めて冷静に続ける伊吹に、撫子は焦りを覚え始める。彼の浅はかさを指摘してやろうとしたのに、いつの間にかすっかり相手のペースに巻きこまれている雰囲気だ。

伊吹は花束の中から一本の真っ赤なコスモスを抜いた。

それは普通の赤いコスモスのように雌蕊《めしべ》が黄色いものではない。中心部まで赤茶がかった、珍しい真紅のコスモスだ。小振りな花で、とてもかわいらしい。

「数年前に発表された改良品種。ストロベリーチョコレートコスモスだ。赤いコスモスには〝調和〟と〝乙女の愛情〟という花言葉がある。これは、黄色のコスモスとチョコレートコスモスをかけ合わせて開発された。つまりは、おまえに〝恋の終わり〟を〝調和〟させて、新しい〝愛情〟と〝真心〟を求める、俺の気持ちの表れだ」

悠々と語る伊吹に、撫子は返す言葉もない。

彼はこの講釈を、あらかじめシッカリと考えまとめてからここへ来たのだろうか。それとも、撫子の追及を受けてから土壇場《どたんば》でひねり出したものなのだろうか。

どちらにしろ、感心してしまったことがひとつある。

「……あんた……、口が上手いわねぇ……」

ここまで理路整然《りろせいぜん》と説明されては、ついつい納得してしまう。

おまけに締めくくりに続けられた各色の花言葉をまとめるなら、これは完璧に「叶わぬ恋など忘れて、自分に振り向いてくれ」という愛の告白だ。

普通の女性なら、胸をときめかせ心揺らさずにはいられない。

「よくもここまで、こじつけられるものね……」

「こじつけじゃないぞ。コスモスの花言葉に込められた愛情表現のひとつだ」

「あんたに、花言葉で対抗しようとしたわたしが馬鹿みたいじゃないの」

「ああ、馬鹿だな」

「ちょっ……」

伊吹の返しはあまりにも早すぎる。撫子の非を庇《かば》う様子など微塵もみられない。

花や花言葉を使って、ずいぶんと回りくどいことをしているようにも思える。だがそれは、彼がこの縁談に対してどれだけ気合いを入れているかの証しを、撫子やその周囲に示しているのではないか。

それならば、彼女の気を惹くために少しくらいは手加減をしてくれてもよさそうなものだ。

撫子はわずかに手心を期待したが、そんな彼女の考えを読んだかのように伊吹はしれっと引導《いんどう》を渡した。

「以前も言ったが、俺は他人にいい人だと思われたいばかりに、悪いことを悪い、愚《おろ》かなことを愚かだ、そうハッキリと言わない人間とは違う。今の論議は、明らかにおまえの浅はかさが敗因だ。だから『馬鹿だ』と言った」

「ほんと……、ムカつくくらいハッキリとした男よね……」

苛立ちが湧き上がり彼を睨みつけようとしたが、その瞬間、伊吹の口元がふわりと笑んだ。

「撫子」

そして、その呼びかけだけは柔らかい。

「ごめんなさい、は？」

「……えっ？」

この展開は、以前にもあった。とても記憶に新しいものだ。

「自分の非を認めているんだろう？　『浅はかな言いがかりをつけて、ごめんなさい』って、言えるかな？」

これは、昨日と同じ展開。

撫子に非を認めさせ、謝らせたときと……。

癪《しゃく》には障《さわ》るが、負けは事実だ。くさってもヤマト・フラワーコーポレーションの副社長。花に関しては、撫子が知り得ないほどの深い知識を持っている人物だ。そんな彼に花言葉で難癖《なんくせ》をつけてしまったのだから。

「……ご、ごめんなさい……。わたしが、考えなしだったわ……」

言い終わるや否や、伊吹は撫子の右手を取り指先に唇をつけた。

「よくできました」

それはご褒美の証しだ。伊吹の好みどおりに振る舞えた際に与えられるもの。

この称賛を何度受けたなら、彼は撫子を認めてくれるのだろう。

「花を、活けるわ……。早く綺麗に飾ってあげたい。花器と一緒に、お茶を用意するわね」

やり込められてしまった感があり、撫子の態度にはしおらしさが混じる。今は歯向かっても無駄なこと。かえって無闇《むやみ》に逆らうことのほうが愚かであるように感じた。

花束を座卓に置き、準備をするために部屋を出ようとする。襖に手をかけたところで、立ったまま彼女の動きを目で追っていた伊吹から声がかかった。

「じゃあ、〝乙女の真心〟を活けながら、聞かせてもらおうか」

「なにを？」

「おまえが意地を張る原因を作っている、叶わぬ恋の相手の話だ」

意外な要望を聞いて、撫子は息を止めた。

どうせ笑われる。

そうは思いながらも、――お茶と花器を用意したあと、コスモスを活けながら、撫子は話し始めた。

「最初に言っておくわ。笑いたければ笑えばいい。きっと、あんたは笑うと思うから。……あんたが言う、叶わぬ恋の相手は、実際に会える人じゃない。思い出の中にいる人よ」

撫子がコスモスのために用意したのは、古風な壺《つぼ》型の花器。色を選びながら花鋏で茎を断ち、まずは花器の淵《ふち》から花を挿《さ》していく。

「初等部にあがって、一年生のとき。各校の小学生を集めたイベントで一度会ったことがあるだけの人。名前なんか知らないわ。わかるのは、系列学校の六年生だったってことだけ」

花材にできるように茎を長めにしておいたと伊吹は言っていた。見れば余分な細かい葉も綺麗に処理されている。

この作業は誰がやったのだろう。普通に考えるなら、手配を頼まれた秘書か、ラッピングを施した担当者だろう。

しかし撫子には、この心遣いをしたのは伊吹であるような気がしてならない……。なぜだろう。花に対する思いやりが深い人だと思える分、その花たちを美しく飾ってもらうための準備は怠らないように思えたからかもしれない。

「花に対して、とても優しい男の子だった。花にだけじゃなくて、わたしにも。……ほんの数分一緒にいただけなんだけど、胸が爆発するんじゃないかってくらいドキドキしたわ。……あれ以来、どんな男の人を見たって、あのときの男の子のように胸が高鳴るなんて経験はできないまま。あの子は……わたしの初恋で……、いまでも、理想の……」

勢いでそこまでを口に出し、撫子は言葉を止める。心の中で密かに呼んでいた呼び名。それを口にするのは気が引けた。特に伊吹の前では。

「理想の王子様、ってところか」

だが、撫子が口に出すのをためらった言葉を伊吹の冷静な声が続ける。

彼は座卓の横でコスモスを活ける撫子と、花器を挟んで向かい合わせに座っていた。

「そ、そうよ……。笑いたければ笑えばいいけど……」

理想の王子様とは、ロマンチックというか乙女チックな言い回しである。猫を被った撫子が口にするのならば似合いそうだが、被った猫をすっかりはがされている伊吹の前となると、柄にもない発想を晒《さら》しているようで恥ずかしい。

当の伊吹はどんな顔をしているのかが気になり、花に注《そそ》いでいた視線をそろりと上げる。

どうせ笑いを堪えているか嘲笑《ちょうしょう》しているか、どちらかだろう。警戒するようにひそめられていた撫子の眉は、伊吹を視界に入れた瞬間に緩んだ。

彼は彼女の正面に座したまま、真剣な表情で撫子を見つめている。そこには、馬鹿にする気配など微塵もない。

「なぜ笑わなくてはならない。思い出を大切にするのは、人として大切なことだ。間違ったことじゃない。――続けろ」

意外な言葉に戸惑うが、撫子はコスモスを再び活け始め、話を続けた。

「中等部に入っても、高等部に入っても、ずっとずっとその子だけが心の中で生きていて、家の行事でどんなに立派な男の人に会っても、見惚れたり気になったりすることなんてなかった。わたしの中では、十何年たった今でもその子だけが恋心を独占しているようなもので……」

「だから、その男の子以上に気持ちを昂らせることができない俺とは結婚なんかできない。そういうことか」

「……まあ、そういうこと……。それに、あんたすっごく失礼な男だし」

「たしかに、俺と顔を合わせていて昂るのは、性欲どころか怒りだけみたいだな」

「せっ……せぃよっ……?」

「なんだ、『性欲』も言葉にできないのか。じゃあ、聞くに堪えない言葉で慣れさせてやろうか。セッ……」

「やめなさいよ、この、セクハラ男っ！」

言葉を止めようと慌てるあまり中腰になってしまう。つい花鋏を持ったまま手を振り上げそうになり、自分の行儀の悪さに気まずさを感じて、ゆっくりと腰を戻した。

「そういうところは、猫を被らなくても奥ゆかしいのに」

「うっ、うるさいっ」

少々大きな音を立てて茎を切る。ちょうど手にしているのはチョコレートコスモス。ふと、伊吹がこの花に恋の終わりを求める意味を込めたという言葉を思いだした。

「恋の終わりもなにも、あんたが言うとおり本当に叶わぬ恋なのよ。その子のことなんか、なにもわからないんだから」

「そいつとは、どこで会った？　どうして花が好きだとわかった」

そんなに詳しく追及しなくてもいいではないか。そう思いつつも、撫子は話を続けた。

「さっきも言ったけど、小学生を主体にした教育委員会のイベント。高学年をメインにした弁論大会があって、各校の代表が出場するのよ。わたしは一年生になったばかりでイベント自体には関係がなかったけれど、会場になるホールの出入り口に花を活ける役目をもらって、参加していたわ」

「あの大会は、各校、特に私立の金持ち学校同士の見栄大会みたいなところがあるからな。おまえが通っていたのは屈指のお嬢様学校だ。家元の令嬢がいるとなれば、『当校にご進級なさいました』ってひけらかしたくもなるだろう」

「……正直ね」

「本当のことだ」

こうもキッパリと言い切られてしまうと、言い過ぎだと言葉を挟む気にもなれない。撫子はストロベリーチョコレートコスモスを手に取り、そのかわいらしくも華やかな赤に見惚れた。

「わたしが活けた花の傍で、他校の男子生徒がふたり、ふざけて遊んでいたの。今にもフラワーテーブルをひっくり返してしまいそうな勢いで走り回っているから注意をしたのよ。そうしたら、チビのくせに生意気だって、女のくせにって……。それで、口喧嘩《くちげんか》になったわ」

すぐに喧嘩を止めたのは、男子生徒たちの学校の教師だった。

その場は収まったものの、教師から厳しく叱《しか》られたふたりは、そのあと腹いせとばかりに撫子が庇ったその花をまき散らし、踏みつけて逃げてしまった。

「悲しくて悲しくて堪らなかった。……花は悪くない。ただわたしが庇ったから、それだけの理由で腹いせに使われたの。泣きながら花を拾ったわ。……そのとき、一緒に花を拾ってくれたのが、……名前もわからない、その男の子だった……」

彼はおそらく名札をつけていただろう。だがそのときの撫子には、そこまで目を配る心の余裕が持てなかった。

花を無下にされた悲しさは、少年がくれる優しさに相殺されていく。拾った花を自分に渡してくれる少年に見惚れていた撫子。彼は、彼女の制服についた名札を見て、名前を呼んだ。

『なでちゃんは、頑張り屋さんで、エライね』

その言葉を思いだしながら、かわいらしい色合いの花たちをチョコレート色で引き締め、真っ赤なコスモスで華やかさを加える。

完成したところで話も終わり、撫子は両手を膝に置いた。

すると伊吹が立ち上がり、撫子の隣へと移動してきたのだ。

「さすがだな。色のバランスも形も、とてもいい。異《こと》なる種類の美しさを、きちんと見せてくれている」

「おそれいります。まだまだ未熟《みじゅく》ですが、お褒めいただき恐縮です」

嫌味のない称賛をもらったと感じたので、撫子も嫌味のない返事をする。花を見つめたまま、伊吹はわずかに彼女へ身を寄せ、問いかけた。

「……おまえの王子様と、一緒に拾った花は、なんだ？」

「花？　サクラソウよ。このコスモスみたいに、壺型の花器にたくさん活けたのを覚えているわ」

「……そうか」

そう呟いた伊吹には、馬鹿にする様子も呆れる様子も見られない。

彼は撫子の話に納得してくれたのだろうか。たった一度しか会ったことのない少年に募らせる恋心など、子どもすぎる発想だと笑い飛ばされてもおかしくはないというのに。

思い出を大切にすることは、人として大切。そう言って真剣な目をした伊吹を思いだし、撫子はなぜか胸がキュッと締めつけられた。

「撫子」

「……え、なに……」

急な呼びかけに顔を横へ向けると、伊吹が至近距離で微笑んでいる。ドキリとした瞬間、右手を取られた。

「花も話も、よくできました」

与えられたのは、称賛だった。

少しだけ長いように感じられた、指先へのキス。

このとき撫子は、なぜかそれを嫌だと感じてはいなかった……。

第四章　楽しい気分　アプリコットメルバ

彼は、なぜ笑わなかったのだろう。

思い出に恋をし続けるなど、夢見がちな少女時代のことならわかる。伊吹ではなくとも、子供っぽいと鼻で笑ってしまいそうな話だというのに。

（わたしのこと……、わかってくれたんだろうか……）

そう考えると、わずかに警戒心が緩む。嫌味で強引な男。しかし、花や人の気持ちに対しては深い情《じょう》を持っているように思う。

大和伊吹という男の本質は、どこにあるのだろう……。

彼のことが気になり、頭から離れない。水曜日を飛ばして木曜日に伊吹が訪ねてくるまで、撫子は彼のことばかりを考えていた。

会社では重要なポストに就《つ》いているのだから、毎日撫子の顔を見に来るためにだけに都合良く時間を確保することなどできないだろう。

わかってはいるが、彼には月曜、火曜とかなりの衝撃を与えられ続けた。

ぽっかり空いてしまった水曜日が、なんとなく物足りなく感じてしまったのは撫子の正直な気持ちだ。

でも、そんなことは口が裂けても言えない。

——だがその日やってきた伊吹は、客間に入った途端いきなり彼女を抱き寄せ、ストレートに質問をしてきた。

「寂《さび》しかったか？」

「なっ……なに言って……」

「日、月、火と、連続して会っていたのに、急に昨日は会えなかったから。寂しかったかと聞いている」

「なんなの、その自信過剰《かじょう》っ。昨日はあんたの顔が見えなくて、せいせいした……」

「俺は寂しかったぞ」

撫子の言葉が止まる。頬が熱くなるのを感じた彼女に、伊吹はにやりと笑って見せた。

「独りよがりのおまえが、空回《からまわ》りするのが見られなくて、ものすごく物足りなかった」

「放して、馬鹿っ」

一瞬でも胸を高鳴らせた自分が恥ずかしい。身体をよじり伊吹の腕から逃れようとするが、しっかりと腕を身体に回されているので容易に動けるものではない。

「ほら、撫子。歓迎は？」

伊吹は軽く笑い声をあげながら、片手で撫子の顎をさらう。

「か……かんげい……」

「一昨日、教えただろう？」

伊吹好みの歓迎とは、いらっしゃいのキス、のことだ。

わかってはいるが、当然、ためらいはある。すると彼から指示が出された。

「ほら目を閉じろ。こういうとき、相手の顔をぼーっと眺めている女は好きじゃない」

偉そうに、と心の中で反抗しつつも、撫子は瞼を閉じる。それとほぼ同時に、彼の唇が重なってきた。

ふわりと重なり、唇の表面をなぞる。下唇をついばんで何度もつけたり離したりを繰り返した。

一昨日、初めてしたキスと同じ仕草。それはやはり、この前と同じようなとろりとした心地よさを彼女に落とした。

「おまえは本当に、イイ反応をするよ……」

囁きながら伊吹のキスは続く。クスリと笑うと唇が一瞬強めに吸いつき、撫子はピクリと身体を震わせた。

「ちゃんと呼吸をしろ。窒息《ちっそく》するぞ」

「……だ、だって……」

「息が乱れて鼻呼吸ができないなら、唇が離れたときに口ですればいい。……ほら、吸って……吐いて……」

こんな教えを受けてしまうのは癪に障るが、少々息苦しさを感じていたのは本当だ。撫子は伊吹の導《みちび》きどおり、唇が離れる隙を利用して短い呼吸を繰り返した。

「そうだ。呑みこみがいい。それをもう少し自然に上手くできるようになったら、もっと大人っぽいキスをしてやるよ」

「ちょっ……、いい気にならないでよっ」

ムキになって瞼を開く。いきなり伊吹の艶《つや》っぽい半眼が目に入り、撫子はまたもや身体を震わせてしまった。

「震えてばかりだな。小動物みたいでかわいいぞ」

「からかわないでっ」

「本心なのに」

腕の力が弱まったのを利用して、撫子は伊吹の腕を振り切り彼から離れる。今になって片手に握りしめていた花束の存在を思いだし、それに目をやった。

今日も伊吹は撫子に花束を持ってきた。今までは両腕でかかえなくてはならないような大きなものだったが、今回は片手で持てるミニブーケだ。

レインボーの模様が入ったラッピングフィルムに、パールホワイトのリボン。フィルムの淵には、まるでピコレースのようなかわいらしいカッティング。

そんなメルヘンチックな外装に包まれるのは、赤と白で彩《いろど》られた花。

花材として使用したことはあるが、あまり見たことのない種類だ。赤褐色《せっかっしょく》や黄褐色《おうかっしょく》の苞《ほう》が重なり合い、その間から唇状の小さな白い花が覗いている。

花を選んだのは伊吹なのだろうか。赤と黄の入りかたが絶妙《ぜつみょう》で、決して派手ではないのにとても美しい趣がある。

「これ、なんていう花？」

「コエビソウだ。苞の重なりかたが小海老《こえび》に似ているということから、そう呼ばれている」

「これにも花言葉ってあるの？」

「あるぞ。とっておきのが」

デュランタのときもコスモスのときも、伊吹は花言葉を使って女心を揺るがす趣向を凝らした。今回はどんな意味があるのだろう。撫子は思わず身構えてしまった。

すると、伊吹はクッと笑いを詰まらせたのである。

「コエビソウの花言葉は、〝おてんば〟っていうんだ。おまえにぴったりだろう」

「帰れ！　馬鹿っ!!」

――そしてこの日も、伊吹は撫子を照れさせ焦らせ怒らせた。

おまけに彼は、最後のシメにそれまで撫子の心に渦巻いたすべての感情を忘れさせるかのような言葉を、彼女に突きつけていったのだ。

「明日、明後日《あさって》は、仕事で会いに来てやれない。だから、日曜日は昼から空けておけ。デートに誘ってやる」

――とんでもない、上から目線……。

（誘ってほしいとかひと言も言ってないしっ!!）

あまりにも動揺して出るに出なかった言葉を、撫子は何度も心の中で叫び続けたのだった。


日曜日。——約束どおり伊吹が迎えにやってきた。

撫子を自分の車までエスコートした彼は、助手席のドアを開ける。そして、シートに置いていた花束を取り、彼女へ差し出したのだ。

「パンジーの人気品種。アプリコットメルバだ。——綺麗な色だろう」

それは、とても鮮やかでかわいらしい色合いだった。

花びらの中央から端へと広がるグラデーションが優しく、花びら自体に入る脈《みゃく》のような筋が花の濃淡《のうたん》を引きたてているようにも見える。

アプリコットの名称どおり、美味しそうと形容しても似合う杏色《あんずいろ》。ピンクにも似た、淡い赤黄。

パンジーとしては大輪のほうではないだろうか。十数本の束だが、まとまると立派に存在感のある花束になっている。

「綺麗……。こんな色のパンジー、初めて見たわ……」

生まれたときから花には関わっているし、パンジーは品種も多いので花材としてもよく使用する。

アプリコットという名で鮮やかなオレンジ色をしたパンジーがあることは知っていたが、こんなにも柔らかなグラデーションと美しい杏色のものは初めてだ。

「新品種なの？　凄いわ。これ、活けてみたい。とてもかわいらしいから、あえて渋めの平花器とかに……」

つい興奮して言葉が口をついて出る。花束を腕に抱き伊吹を見上げると、彼はとても微笑ましげに撫子を見つめていた。

ハシャギすぎてしまっただろうか。撫子は急に恥ずかしくなり口をつぐんで目をそらす。すると、伊吹は身を屈め撫子の耳にかかる長い髪を寄せて、赤く染まった耳に囁いたのだ。

「おまえのほうがかわいいぞ。今日の着物は小振《こふ》り袖《そで》か。気軽な外出にはもってこいだが、振り袖っていうだけで特別感がある。デートだって言ったから、意識して選んだのか？」

「い……意識なんて、してな……」

ムキになって睨みかけ、ハッとする。伊吹が車を停めているのは正門前だ。そこから屋敷へ続く長い石畳の向こうには、娘の門出を見送るかのように父と母が、そして兄までもが出てきている。

家族はある程度撫子の快活ぶりを知っているが、その家族から大絶賛を浴びている伊吹に噛みつく姿を見せるのはさすがによろしくない。

思い直した撫子が顔をそむけると、代わって伊吹が見送る家族に身体を向け、背筋を伸ばして綺麗なお辞儀《じぎ》をした。

「本日は、ありがとうございます。撫子さんをお借りいたします」

彼の声は、張り上げてもいないのにとても響きがありよくとおる。声色から滲む凛々《りり》しさに、不覚にも鼓動が波打った。

伊吹は撫子の背に手を添え、彼女を助手席へと促す。ドアを閉めるとフロントを回り、運転席へ乗りこんでシートベルトを引いた。

「ベルトはできるか？　シートは倒し気味にしておいたが、帯が邪魔ならもう少し倒してやるぞ」

言われてみれば、わずかだがシートが通常より深く倒されているような気がする。シートベルトで身体が押されるぶん、帯の厚みで姿勢に無理がかからないよう考え、気を遣ってくれたのかもしれない。

「大丈夫よ。シートベルトをしたことがないわけじゃないし。そこまで世間知らずじゃないわ」

細やかな彼の気遣いに心が揺らぐ。しかし口から出るのは、負けん気を張った憎まれ口。ふっと微苦笑を漏らした伊吹は、ゆっくりと車をスタートさせた。

心を配ってもらったのだから、ありがとうのひと言くらいはつけ足すべきだったろうか。後悔しかけていると、伊吹が問いかけてきた。

「気に入ったか。その花」

視線を落としていたので、手元の花を見つめているのだと思ったのだろう。

「ええ……。さっきも言ったけど、見たのは初めてよ。こんな色」

「アプリコットメルバは新品種ではあるが、発表され流通が始まってから数年が経《た》っている。名前までは知らなくても、花自体は花材として扱ったことがあると思うぞ。同じような変わり品種で、パインメルバやピーチメルバなんて名前のものもあるが、やはりそれらも人気がある」

「使ったこと……、あるかしら……。でも、本当にこんな色合いは見たことがないの」

「ピンク系であったり黄色系であったり、色の幅がかなりある花なんだ。種の間で色の変異がとにかく大きい。色の入り方が成長とともに変化するから、種本来が持つ色や雰囲気が最終段階になるまでわからない」

つまり、アプリコットメルバという名前を持ちながら、その色やグラデーションの入り方はそれぞれ違うということなのだろう。

撫子が手にしている色合いのものばかりが咲くわけではないのなら、花材として使ったことがあるかもしれない。

花を眺めていて、ふと、パンジーの花言葉はなんだったろうかと考えた。

ハッキリとは思い出せないが、フランス語で「思想」を意味する「パンセ」という言葉から花の名前がつけられたということは記憶にある。花言葉も思想関連の意味を持つものだったような。

（思い出繋がり……とかかしら）

伊吹のことだ。おそらくなにかの意味を込めてこの花を用意したのだろう。ただ「綺麗だから」という理由ではないはずだ。

花は色によっても花言葉が違ってくる。このアプリコットメルバには、どんな想いが込められているのだろうか。

「あのさ……、これにも、これ自体の花言葉とかあるのよね？」

「あるぞ。気になるのか？」

「あんた、いっつも花言葉をひねりにひねって面倒くさい講釈たれるじゃない。今度はなにを言い出すんだろうって、気になるわよ」

「この間のコエビソウはひねってないぞ。ストレートだっただろう」

「嫌味なほどストレートすぎだわよっ」

ムキになった撫子を見て、伊吹はアハハと声をあげて笑う。楽しげな笑顔は今まで見てきた笑《え》みのどれとも違った。

嫌味などひとかけらも見えない、本当に楽しいときに出る笑顔であることが伝わってくる。

それを目にして、撫子はなんとなく言葉が出なくなってしまった。

「そうだな。まあ、デートの最後に教えてやる」

その笑顔のまま運転をする伊吹は、口調までもが楽しげだ。

「最後？　どうして？」

「その花言葉どおりになることを、俺が望んでいるからだ」

撫子は小首を傾げる。余計に意味がわからない。

それでも、その花言葉におかしな意味などないことを祈りつつ話題を変えた。

「ところで、あんたが言うところのデートって、いったいどこへ行くの？」

「んー、今考えてる」

「はぁ？」

人を誘っておいて、出発してから考えるとはなんたること。なんたる無計画。

適当にもほどがある。デートというものは、どこどこへ行くなどの目的を持って誘うものなのではないか。

撫子は揚げ足を取ってやろうかと考えたが、その瞬間、さっきとは打って変わって不機嫌そうな顔で眉を寄せた伊吹に一瞥され言葉を呑みこんだ。

「ったく……。おまえがそんな恰好してくるから……」

「は？」

「デートだぞ。それも、日曜昼間の。二十三歳の女が、そんな堅苦しい恰好をしてきてどうする。おかげで計画が台無しだ」

「なにをブツブツ言ってるのよ。振り袖は特別感があっていいみたいなこと言って、気に入った感じだったじゃない」

先ほど彼は小振り袖を着た撫子に「かわいい」と囁きかけた。それを今になって文句を言うとは、なんという気分屋だろう。

「小振り袖は似合っているし、かわいいと言ったのも本心だ。しかし予想外ではあった。俺はてっきり、おまえが洋服を着てくるものかと思っていた」

「洋服？」

「二十三歳の若い娘が昼間のデートに誘われれば、どこへ行くかも告げられていない場合、無難《ぶなん》にワンピースかカジュアルなスタイルでまとめるのが賢《かしこ》いやり方だ。そう思って、俺もそれに合わせた」

言われてみれば、今日の彼はネイビーストライプのボタンダウンシャツにブラウン系のジャケットという、カジュアルないでたち。キッチリとしたスーツ姿しか見たことがなかったので、迎えに来た姿を見たときから、どことなく新鮮さを感じていた。

伊吹が言うように、無難にワンピースかカジュアルすぎない洋服との組み合わせならば、雰囲気的に彼と並んで歩いても違和感はないだろう。たしかに着物姿の女性では、どうもちぐはぐな印象だ。

反対に、伊吹がいつものスーツ姿だったなら今の撫子にも合うのだが……。

「だって、初めてのデートのお誘いを受けて失礼な恰好をするわけにはいかないでしょう」

「だから張り切ったのか」

「張り切ってないわよっ」

「嘘をつくな。その割には帯が凝《こ》っている。季節の花を飾った御所車《ごしょぐるま》、花車紋《はなくるまもん》の袋帯《ふくろおび》。結びだって、それ、リボン重ねの変形だろう。また手の込んだことを。……これだけやっておいて、どこが張り切ってないって？」

「あっ、あんた、花以外のことも知りすぎよっ」

花に関してだけ講釈をたれるなら、単なる花馬鹿と貶《けな》すこともできる。しかし彼は、撫子が関わるもののすべてに精通しているかのようだ。

張り切るつもりなどなかった。だが、ついいろいろと考えてしまって、着物と帯、小物のセレクトに時間がかかってしまったのはたしかである。

帯だって、シンプルかつ上品に立て矢結び辺りでもよかったものを、年相応のかわいげがないなどといった批評を受けるのが嫌で、ついついかわいらしい結びかたをしてしまった。

「デートとか名のつくものは初めてで、ついでに、俺に文句を言われないような形を作ろうと必死になって張り切った。そうだろう？」

「え、と……それは……」

ここまで見透かされては誤魔化しても無駄だろう。そんなことをすれば、かえってみじめだ。

「す……少しは張り切ったかもね……。父様や兄様以外、男の人とふたりで出かけるなんて初めてだし」

車が停まる。顔を上げると前方の赤信号が目に入った。すると、この瞬間を待っていたかのように伊吹の腕が撫子の肩を抱き寄せ、頬に彼の唇が触れたのだ。

「よしっ、ひとつハジメテをもらった。満足っ」

「ちょっ……！」

たしかにデートは初体験だが、伊吹の言いかたに変な想像をしてしまう。一気に頬が染まった瞬間、彼の腕が離れて信号が変わった。

「今のは正直に言えたからあげるご褒美。よくできました」

「……ゆ、指だけじゃなかったの……」

熱かった頬がよけいに熱くなってしまう。彼のご褒美は、指にキスだけではなかったらしい。

「……頬も、なにか意味があるの？」

「頬のキスは〝満足〟だな。俺の言うとおりにできたときは指、満足をさせられたら頬」

「相変わらず偉そうねぇ……」

呆れるどころか苦笑いが漏れてしまう。撫子がムキになっていないとわかるのか、伊吹は笑って車を走らせた。

そのまま、彼は楽しげに話を続ける。

「最初の予定では、おまえをテーマパークにでも連れて行こうかと思っていたんだ」

「テーマパーク？　遊園地？」

「高速遊具や恐怖体験物で、キャーキャー言わせてやろうと思っていた。おてんば娘もしょせんはお嬢様だからな、遊具でキャーキャー騒《さわ》ぎまくったことなんてないだろう？」

「な、ないわよっ。なんなのよ、その意地の悪いプランは」

「次の機会にでも連れて行ってやるよ。キャーキャー言ってるおまえが見たいから」

「性格悪っ。女の子驚かせて怖がらせて楽しむだなんて」

「ばーか。あそこはその名のとおりドリームランドだ。女はああいったキラキラした夢のある場所が好きだろう。そういった場所で素《す》になってはしゃぐおまえが見たかったんだよ。きっと、かわいいだろうな、って」

撫子は、なにも言い返せない。他人にへつらわず自分を偽らない男なのだということはわかっていたが、彼は信じられないほど自分の気持ちに正直な男だ。

――きっと、かわいいだろうな……。

止めようとしても高鳴ってしまう鼓動を、どうしたらいい……。

遊園地には数回行ったことがある。

とはいえ、撫子の家庭環境や立場的に言って、娯楽が目的ではない。イベントや家業関係、そして学校行事などである。

もちろん、遊具などで歓声をあげた覚えなどはない。

「はしゃいだことなんてないわ。人前で大声出すとか、お行儀が悪いじゃない」

鼓動の高まりに焦るあまり、悪態が口をついて出てしまった。

かわいいという言葉を、伊吹は褒め言葉として使ったのだろう。それに対して、もう少し控えめな態度をとればよかったかもしれない。わずかに後悔が湧き上がった。

「酔っ払い相手には、大声を出していっぱしの啖呵を切るだろう」

「ああいうのは別よっ」

「でも俺は、キャーキャー言ってニコニコしている顔が見たいんだが」

「お断りよ。もし行ったって、はしゃいでなんかあげない」

「おまえを猫っかわいがりしてる副家元は、たまにはそういう所に連れて行ってくれたりはしないのか？　あの兄さんの前でなら、けっこう素になっているような気もするけど」

柊都の話を出され、ふと思いだした。一度だけ兄に遊びに連れて行ってもらったことがあった。

「あるけど……、イベントを見たり、特別展示を見に行ったりしただけよ。……観覧車《かんらんしゃ》には乗ったけれど」

「観覧車だけ？　また地味だな」

「ゆっくり上がってゆっくり下がって、あれって、独特な緊張感があるわよね。展望台なんかにのぼるのとは、また違う興奮《こうふん》があるでしょう？　……そうね、少しはしゃいだかもしれないわ」

「ふーん」

少し、だっただろうか。今思い返しても、はしゃぎすぎていたような記憶がおぼろげながらある。

観覧車が高度を上げ、徐々に地上にある人や物が小さくなっていく。自分を乗せた小さな箱がつり上げられて、どんどん高く上がっていくことの恐怖感からくるスリルは、撫子にとって新鮮なものだった。

「それ、何歳のときだ？」

「十一歳よ。兄様が二十歳になって成人のお祝いをあげようと思ったら、一日、撫子と遊びに行きたいって言われたの。それで、遊園地に行ったわ」

「すっげー、シスコンだな」

「ちょっと、わたしの兄様の悪口言わないでよ。イヤな男ねっ」

「うるさい。俺は悔しいだけだ」

「……は？」

この反応はなんだろう。撫子が目をぱちくりとさせていると、信号で車を停めた伊吹がハンドルをこぶしで強く叩いた。

「遊園地でこんなにはしゃいだのは初めてだってくらいの経験をさせてやろうと思っていたのに。まさか副家元に先を越されているとはな。兄妹の強みだな。すごく悔しいぞ」

「な、なによ、それ……」

「よし、絶対おまえを連れて行って、そのとき以上にはしゃがせてやる。そうしたら俺の勝ちだ」

「ま、負けず嫌いっ！　鼻っ柱の強い男ね、ほんと！」

「勇猛果敢《ゆうもうかかん》とか、アグレッシブとか言え。そうだ、あの観覧車、夜になったらライトアップされているのを知っているか？　さすがにそれには乗ったことがないだろう」

「なっ、ないわよっ、夜なんて」

「よし、じゃあ、おまえと遊園地に行くのは夜だ。楽しみにしてろ。ハジメテ体験を、たくさんさせてやる」

「その『ハジメテ』の言いかた、やめてよ！　恥ずかしいっ」

信号が青に変わる。咄嗟《とっさ》に出てしまった撫子の見当外れの言葉に、伊吹はしばらくの間、笑いを噛み殺していた。

「そういえばおまえ、財布《さいふ》は持ってきているか？」

「持ってきているけど？」

いきなり話題が変わったので撫子は小首を傾げる。すると、伊吹は彼女に向かって手のひらを差し出した。

「よこせ」

「なっ、なんでっ」

「いいから出せ」

この恐喝《きょうかつ》のような展開はなんだろう。いささかわけはわからないが、まさか彼が女から金品《きんぴん》を巻きあげるような真似をすることはないだろう。

　そう信じ、撫子は帯のあいだから札入れを取り出す。それを伊吹の手にのせると、彼は札入れを摑み、いきなり後部座席へ放り投げた。

「ちょっと、わたしのものよっ……！　なにすんのよっ！　お金は粗末《そまつ》にしちゃいけないんだからね！」

「うるさい。だいたい、なんでおまえ、財布なんか持ってきてんだよ」

「なんでって……。外出だし、飲食代とかかかるだろうし……」

「高校生のワリカンデートかっ。おまえ、俺をなんだと思ってるんだ」

「はいはい、ヤマト・フラワーコーポレーションの副社長様様ですねっ！」

「わかってるじゃないか」

　嫌味で言ったというのに、サラリと返されるこの肯定《こうてい》。正直者にもほどがある。

　撫子が言葉を失っていると、伊吹は苦笑いをして後部座席を親指でしゃくった。

「捨てるわけじゃないんだから、安心しろ。けど、帰りまで返さないからな。これから買い物に行くのに、自分で払うとか言われたらたまったもんじゃない」

「買い物？　いつ決まったのよ」

「俺が今決めた」

「……決定なわけね」

「決定なわけだ」

人の意見も聞かず勝手に決めるなと思ったが、言ったとしても自分の決定を曲《ま》げる男ではないだろう。

それに、遊具で遊ばされるよりは、買い物のほうが緊張しなくていいのかもしれない。

「で、なにを買いに行くの？」

「おまえの服」

「は？」

「近々、夜のデートに誘ってやる。そのときに着てくる服を買ってやるよ」

「い、いらないわよ。服くらいいっぱい持ってるわ」

「俺が気に入るようなものを持っているとは思えないな。着物と違って無難で地味な服しか持ってないいんじゃないのか。おまえは今、俺が気に入る女にならなきゃいけないんだってことを忘れるなよ」

「こっ……このっ、威張《いば》りんぼ！」

「文句があるか、きかん坊」

売り言葉に買い言葉。まるで子供の喧嘩のようだが、伊吹は楽しそうに声をあげて笑う。そしてその笑顔のまま、撫子に顔を向けた。

「安心しろ。もう普段に着物なんか着たくなくなるくらい、俺好みにかわいくしてやる」

不覚にも、とんでもなく大きく鼓動が胸を叩く。

——彼は、どうしてこんなに楽しそうなのだろう……。

十二分に高圧的な態度であるのに、それが気にならなくなっている。

撫子は、自分の意思に逆らって騒ぎ立てる鼓動を落ち着けたくて、片腕に預けているアプリコットメルバを胸に抱いた。

少しでも心を紛らせようと、花のかわいらしさに、頼るように。


伊吹が撫子を連れてきたのは、いわゆる高級百貨店内にある女性用ブランドショップだった。

そのショーウインドウの前で撫子は立ちすくむ。そこには二体のマネキンが、秋の外出をイメージしたコーディネートをされ、落ち葉の中でたたずんでいる。

フリルとレースをふんだんに使ったロングワンピース。ペチコートでスカートのボリュームを強調したシルエットは、とてもかわいらしい。

たとえるならば、まるでフランス人形のようだ。ブランド名こそは知っていても、手を出したことも欲しいと思ったこともない。

撫子だって女の子。かわいいものは嫌いではないけれど、いくらかわいらしくても自分にだって許容範囲《きょよう》というものがある。

自分には似合わないとわかっているのに、着たいとは思わないだろう。

「なんだ？　ウインドウのが気に入ったのか？　でも駄目だ。スカートが長すぎる。おまえは足の形が綺麗だから、もう少し短いスカートのほうがいい」

「ちょっと！　いつ見たのよ！」

唖然とウインドウを眺めていた撫子のうしろから、伊吹がアドバイスをする。彼に足を見せた覚えはない。撫子がムキになって振り向くと、彼は平然と答えた。

「初めて東海林家に行ったとき」

デュランタを持ってきた日を思いだし、ハッとする。床の間の前で伊吹に詰め寄られ、かなり足元が乱れた。着物が乱れないよう気をつけていたつもりだったのだが、どうやら見られていたらしい。

いやらしいと文句を言ってやろうかと思ったが、その前に伊吹が言葉を続けた。

「おまえは姿勢《しせい》がいいし、立ち姿も綺麗だ。バランスもいい。足の骨格が正しい位置で整っている証拠だ。いつも着物で隠れているから色も白いし、柔らかく艶もある。おそらく、しっとりとして、吸いつくような手触りだと……」

「もういいっ。恥ずかしいからやめてよっ」

褒め言葉も最初は心地よかったのに、だんだんと言っていることがいやらしくなってきたような気がする。撫子がムキになると、伊吹は喉の奥で笑いながら彼女の手を摑んだ。

「ほら、こい。行くぞ」

「えっ……ちょっとぉ……」

摑んだだけならまだいい。問題は場所だ。伊吹は左手で撫子の右手を摑み、手のひらから握ったのだ。はたから見れば仲良く手を繋いでいるようだ。

幼等部のころから一貫した女子校育ちなので、異性と手を繋いだ経験などない。あっても幼い頃に数回。それも相手は父か兄だった。

自分よりもはるかに大きく力強い手が、自分を引っ張っていく。いきなり手を掴むなど失礼だ。振り払ってやろうと思うものの、それができない。

彼の手に包みこまれるこの感覚が、なぜか妙に心地いい。

（なんなの……もう……）

頭では反発をしているのに、身体が反応してくれないのだ。それどころか伊吹の手を握り返しそうになってしまい、撫子は慌てて指をピンと伸ばしてしまった。

「――そう、そこのショーケースの上にある白いワンピースだ。それと靴とストッキングも。ああ、ストッキングは一緒にディスプレイしてある網模様《あみもよう》ではなく、白のバックシームにしてくれ。ガータータイプの柔らかい物だ。ガーターリングは白い花が付いた物で」

ひとり動揺し自分自身と格闘しているうちに、伊吹は次々と店員に注文をしていく。店に入ってすぐに気に入ったものが目に入ったらしい。内容を聞く限り、耳慣《みみな》れない単語ばかりが並べられていく。

「試着をさせたい。別室を貸してくれ。気に入ったなら着ていく。着物を保管できるケースを用意してくれるか」

「ちょっ……」

言葉が出てこない。伊吹はいったいなにを言っているのだろう。いくらなんでも注文が我儘ではあるまいか。

だが、さすがに高級百貨店のブランドショップは上客《じょうきゃく》を見極める目を持っているらしい。すぐに店長らしい女性とフロアの責任者らしい男性が伊吹への対応を始めた。

撫子が口を出す隙などない。さらに伊吹は店長に向かって注文を出す。

「予定外で、洋装に適した準備がない。彼女用にファンデーションを一式調達してほしい。色は白で、デザインはシンプルだがかわいらしい物を」

「かしこまりました。それでしたらサイズをお許りして……」

「ああ、それなら……」

手のひらを口の横に立て、伊吹は店長にこっそり耳打ちする。「まあっ」と一瞬面映ゆい表情を浮かべた店長ではあったが、そこは仕事中だ、すぐに表情を真面目なものに戻した。そんな彼女に、伊吹はスーツの内ポケットから抜き出したカードを渡す。

店長が急いで店を出ていくと、責任者の男性が店の奥を手のひらで示した。どうやら試着室とは違う、得意客用の個室を貸してもらえるらしい。

「行くぞ、撫子」

グイッと引っ張られ歩き出すが、あまりのスピーディな展開にただポカンとするばかりだ。

撫子は言葉も出ない状態である。やっと声が出たのは、個室へ通され、お茶を用意するために責任者が出て行って伊吹とふたりきりになってからだった。

「なんだ撫子。鳩が豆鉄砲《まめでっぽう》くらった、ってのを絵に描いたような顔して」

「うっ……うるさい！」

「でかい声出すと、店員に聞こえるぞ。楚々とした着物姿のお嬢様が、恋人に連れられて恥ずかしがりながら洋服を購入にきた、なんて微笑ましげに見られてんのに。イメージが崩れますよ、化けの皮が剝がれますよ、なでしこちゃんっ」

「あっ、あんたねぇぇ〜」

声が震える。言ってやりたいことが山ほどありすぎて、どうしたらいいのかわからなくなってくる。

ワンピースに靴にストッキング。ここまではいい。けれどもそのあとがおかしくはないか。

シームタイプのガーターストッキングとはなんだろう。普通のストッキングならまだしも、ガーターストッキングとは何事だろう。

「あんたねぇ、いやらしいにもほどがあるわよっ。ガ……ガーターって……、それってぇどういう……」

店の人に聞こえないよう、撫子は声を潜《ひそ》めて文句を言う。通された個室は八畳程度のフローリング。中央に大きな毛足の長い絨毯《じゅうたん》と、ガラステーブル。その上には伊吹が選んだワンピースが置かれている。壁側にはハンガーラックが置かれ、とても大きな姿見鏡が立てかけられていた。

「ガーターは別にいやらしくない。ファッションのひとつだ。いやらしい使いかたしか知らないから、いやらしいとしか感じないんだ。おまえ、その方面の知識はあるんだな。耳年増か」

「いやらしい、いやらしいと連呼《れんこ》しないでよっ。いやらしいわねっ」

撫子の言い返しかたが面白いらしく、伊吹は喉の奥で笑いを堪えたまま肩を震わせる。

テーブルに置かれていたワンピースを手に取ると、両手で持って着物の上から撫子にあてた。

「俺の目に間違いはない。きっと似合うぞ。ほら、こうしてあてただけでもとてもかわいらしいじゃないか。肌が白いおまえにピッタリだ。スカートは膝丈《ひざたけ》、ストッキングは膝上の位置で留める長さだから、スカートがなびくと花のガーターリングが覗く。おまえ自身が花のように見えるだろう。――白い、サクラソウみたいに」

怒りに頬を染めながら伊吹を睨みつけていた撫子の目が、ハッと見開かれる。

それは、彼がとても大切な言葉を口にしたからだ。

（……白い、サクラソウって、言った？）

驚きのあまり言葉を失う撫子を、伊吹は見守るような双眸で見つめる。

彼の眼差しに遠い記憶が動いた気配がして、撫子の口が開く。

――しかしそのとき、ドアにノックの音が響き、女性店員がお茶を持って入室してきた。

伊吹が撫子にワンピースを合わせている様子を見た彼女は、微笑ましげに称賛の言葉を口にしたのである。

「とてもかわいらしいお嬢様ですもの。きっとお洋服もお似合いになりますよ。もうしばらくしたら店長も戻ってまいります。恐れ入りますが、少しお待ちください」

「ありがとう。私も楽しみですよ」

愛想のいい受け答えをして、伊吹は笑顔を繕う。ただでさえ眉目秀麗な猫をひっかぶっている男だ、女性店員は気持ちよく笑いながら部屋をあとにした。

撫子といるときは「俺」、撫子の家族がいるときは「僕」、そして大人の対応をとるときは「私」。その状況に応じた使い分けができるのが大人というもの。そう自分で言うだけあって、見事な変化ぶりだ。

だとすれば、会社での彼はどんな雰囲気なのだろう。

（スッゴイ俺様副社長だったりしてね。椅子にふんぞり返ってさ、足とか机の上にのっけて、〝おい、お茶〟とか秘書を呼びつけて威張っててんじゃないの）

威張り散らすあまり周囲に煙たがられている伊吹を想像し、撫子はつい笑い出しそうになる。口元が引きつったせいか、ワンピースをハンガーにかけていた伊吹が怪訝そうな声を出した。

「なにニヤニヤしてんだ。いやらしい」

「だからっ、いやらしいを連呼しないで……」

そのとき、はたと思いだす。そうだ、どうしても聞きたいことがあったのだ。

「あ……あんたさ、さっき、店長さんになにを言ったの」

「ん？　なにが？」

「だ、だから……、ファンデーションがなんちゃらって……」

「ああ……」

店長に調達を頼んだものの話だ。撫子がなにを言いたいのかを悟った伊吹は、立ったまま湯呑みを手に取りさらりと言ってのけた。

「おまえのブラジャーのサイズ」

「なんで知ってんのよっ」

お茶をひとすすりして、伊吹はにやりと笑う。

「俺を馬鹿にすんなよ。外出時はサラシか和装用ブラジャーで押さえているんだろうが、普段家にいるときはノーブラかノンワイヤーのブラだろう？　胸にあたる衿元の膨らみかたが違うからわかるんだよ。何回かおまえの身体に腕を回したから、それでわかった」

「な……な、なんてことをっ……」

顔から火が出そうとは、こういうことなのかもしれない。たしかに伊吹には抱き止められたりキスをされたり、数回身体に触れられている。

でも、そのくらいでバストサイズなどわかるものなのだろうか。撫子には男性の感覚というものがいまいち理解できない。

唯一わかるのは、伊吹がとんでもなく理解不能な胸の高鳴りを彼女に与え続けているということだ。

「もうっ、本当にいやらしい男ねっ。あんたが選んだ服なんて、絶対に着ないんだからね！」

反射的に振り上げた手が、伊吹の腕を叩いてしまう。するとパシャリとなにかが身体の前面にかかり、撫子はハッとした。

「……なにやってんだ、おまえ。……こうなることくらい、わかるだろう……」

よりによって彼が湯呑みを持っていた腕を叩いてしまった。その衝撃で湯呑みから跳《と》び上がったお茶が撫子の着物を濡らしたのだ。

——必然的《ひつぜんてき》に、伊吹が選んだ服を着ることになってしまったようだ……。


「ありがとうございました大和様。是非《ぜひ》またお待ちしております」

伊吹と撫子は、店員たちやフロア長から盛大な見送りを受けて店を出た。

「充実した買い物だったな。なあ、撫子」

伊吹は満足げだが、撫子は仏頂面《ぶっちょうづら》である。店を離れた途端、キュッと眉を寄せて伊吹を見上げた。

「いつまで繋いでんのよ」

「なにが？」

「手よ、手ぇっ」

彼に繋がれた右手を振り動かす。撫子は指を伸ばしているが伊吹はシッカリと掴んでいるので、振りほどこうにも簡単に振りほどけるものではない。

最終的に、伊吹はワンピースを二着購入した。最初に選んだものの他にもう一着。どちらも上から下まで、ヘアアクセサリーからファンデーションまでを撫子のためにトータルコーディネートしたのである。

彼女をかわいらしくお人形のように飾り立て、惜しみなく愛情を降り注ぐ恋人を演じた伊吹は、さらに見送りを受ける際、彼女とさりげなく手を繋ぎ店員たちを微笑ましい気持ちにさせるという演出さえやってのけた。

次にこの店を訪れることがあったなら、ふたりは最高の歓迎を受けることだろう。

どこまで外面がいいのかと思ったが、ショップでそれを叫ぶわけにもいかない。撫子は立体《りったい》駐車場へ続く渡り廊下に入ったところで、やっと伊吹の手を振りほどいたのである。

ふんっと鼻を鳴らして伊吹から顔をそらし、先を歩き出す。背後から声をかけられ、その足はすぐに止まった。

「そんなお人形さんみたいな恰好して、お転婆《てんば》しちゃいけませんよー。なでしこちゃんっ」

思わず奥歯を噛みしめる。うつむいた視界に入るのは、伊吹がトータルに選んだものを着させられた自分の姿。撫子は今、二着目に彼が選んだ洋服を着ていた。

着物にお茶を零してしまい、否が応でも着替えなくてはならない羽目《はめ》に陥《おちい》った。伊吹がもう一着の購入を決めたのはこのせいだったのだ。

最初に選んだ白いワンピース一式は、〝次の〟とした夜のデートで着てほしいらしい。今の彼女が着ているのは、ネイビーにアイボリーのラインやリボンが優しい色合いで添えられた、ふくらはぎ丈のワンピース。

ショップに多く飾られていたフリルたっぷりの物ではないが、さりげないパフスリーブやスカートの切り替え、裾《すそ》のピコレースなどがとてもかわいらしい。

襟《えり》がセーラーカラーで胸元《むなもと》に柔らかなリボン。どことなく制服を着ていた学生時代を思いだすデザインだ。撫子が通った女子校の制服は、セーラータイプのワンピースだった。スカートの丈が長いのでストッキングは通常のものだが、両足首のわずか上に花のワンポイントが付いている。

どこから見ても清楚なお嬢様スタイルだった。

「だいたいねぇ、こんな恰好して帰ったら、両親どころか兄様まで驚いちゃうでしょう。お手伝いさんなんて卒倒《そっとう》しちゃうわよ」

そう強がってみせるが、イヤな予感が胸をよぎる。

……おそらく伊吹は、今にも自害《じがい》をしてしまいそうな男を装った悲壮《ひそう》な表情で、両親や兄に訴えるだろう。

『申し訳ありません。僕の不注意で、撫子さんにお茶を……。かかってしまったのは着物だけだったとはいえ、わずかでも撫子さんの肌に湯が飛んでいたらと思うと……。僕は……胸が張り裂けそうな思いです……』

出されていたのは玉露《ぎょくろ》だ。お湯をそんなに熱くして煎《い》れるものではない。わかってはいても、伊吹ならばそこまでやる。……おそらく。

お茶がかかった着物など着せてはおけない。慌てた伊吹が撫子用に洋服をひと揃い買い求めた。――そう解釈されるはずだ。

まるで清楚な人形のような姿で帰宅した娘。伊吹の説明も相《あい》まって、家の者、いや、屋敷全体でその姿を褒め称えるに違いない。

そしておそらく、いや間違いなく、伊吹を悪く言う人間など、そこにはひとりもいないのである……。

「先に東海林家に連絡は入れておかないとな。いきなり荷物が届いたら驚くだろう」

お茶がかかってしまったせいで脱ぐしかなかった着物、そして伊吹が最初に気に入った白いワンピース一式は、百貨店側が東海林家に届けてくれることになっている。

おかげで大量に買い物をしたのにもかかわらず、手持ちの荷物はない。

「きっと、フロアの責任者クラスどころか百貨店の上役クラスが挨拶を兼ねて来るわよ。大企業の副社長様様の威力は凄いわねぇ。ＶＩＰ待遇じゃないの」

「おそれいったか」

「嫌味で言ったんだから、少しはひるみなさいよっ」

駐車場に入り、嫌味の通じない一方的な言い争いをしながら車に近づく。伊吹が助手席のドアを開け、シートに置いていた花束を「ちょっと持っていろ」と撫子に渡した。

「座りやすいように、背もたれを上げてやる」

背もたれは着物姿の彼女用に少し倒されていた。洋服になって帯の厚みがなくなったぶん座り心地も変わってくるだろう。

撫子を気遣い、ふわりと微笑んだ伊吹の表情に不覚にもドキリとする。

彼の笑顔で胸が高鳴るなどあってはいけないことだ。撫子はこの反応をなきものとするため、ぷいっと横を向いた。

「なっ、なによっ。別にそのままでもいいわよっ。なにもあんたの車でくつろごうとは思ってないわ」

「ん？　ベルトをしたら嫌でもシートに背がくっつくだろう。さっきのままならかなり倒れるからな。なんというか、上から覆いかぶさりやすい角度……」

「直しなさいっ。直してよっ。ええ、直角にねっ！」

ムキになって顔を向ける。途端に伊吹が楽しげに笑い声をあげた。

（ひっ……人を煽るようなこと言っといて、笑ってるんじゃないわよっ！）

怒鳴りつけてやろうか。そう思い口を開きかけたとき……。

「あら？　聞き覚えのある笑い声」

穏やかな女性の声が聞こえた。いち早く視線を向けた伊吹が「あっ」と小さな声を漏らす。同じ方向へ目を向け、撫子は小首を傾げた。

ちょうど車の前に、ひとりの女性が立っている。

カジュアルスタイルながら身形《みなり》はよく、緩《ゆる》くうねるミディアムロングの髪、歳の頃二十代後半といったところだろうか。派手さはないが、品を感じさせる美人だ。

「申し訳ありません、副社長。声はおかけしないほうがよろしかったですね。普段聞けないようなとても楽しそうなお声で笑ってらしたので、驚きのあまり、つい」

「加納《かのう》女史を驚かせることができるようになったなんて、私も成長したものだ」

「あら、最近はたびたび驚かされております」

とても親しげに話すふたり。伊吹が自分を「私」と言うということは、会社関係の人間なのだろう。

小首を傾げる撫子に、伊吹は目の前の女性を手で指し示した。

「紹介しよう。そのうちに会ってもらおうとは思っていたんだ。私の秘書だよ」

「秘書……」

伊吹の紹介を受け、女性は撫子に微笑みかける。

「加納凛子《りんこ》と申します。お見知り置きください、撫子さん」

優雅《ゆうが》な仕草にも驚くが、もっと驚くべきは撫子の名前を知っているということだ。

「あの、わたしの名前……」

戸惑う撫子に、凛子はにこりと微笑みかけた。

「ええ、存じておりますとも。副社長に毎日撫子さんのお話を聞かされておりますわ。撫子さんとどんな話をしたか、撫子さんがどんな愛くるしい仕草をなさったか」

「まあ……」

わずかに頬を染めて恥じらってはみせたが、撫子の内心には嵐が吹き荒れる。

（なあに噂話なんかしてるのよ！　なにを話しているのかわかったもんじゃないわ！　このエロ御曹司《おんぞうし》！）

「あまり暴露しないでくださいよ加納さん。噂話などはしたないと、あとから撫子さんに叱られてしまいます」

「副社長、もはや尻に敷かれておいでですか？」

「まいったな」

和気藹々《わきあいあい》と話す伊吹の横で、とりあえず撫子は楚々とした佇《たたず》まいを保つ。……が、凛子がいなくなったら真っ先にこの足を踏みつけてやろうと、伊吹の足元を心密かに睨みつけた。

すると、渡り廊下側の出入り口から伊吹を呼ぶ声が聞こえた。彼に合わせて視線を向けると、先ほど対応してくれたフロア長が慌ててやってくる姿が見える。

「ちょっと失礼。加納さん、すみませんが彼女を……」

凛子に撫子を任せ、伊吹はフロア長のほうに歩み寄っていった。どうやら伝票かなにか不備があったらしく、フロア長が懸命に頭を下げている。

あんなにぺこぺこと頭を下げて、サービス業も大変だと呑気《のんき》に考えていると、凛子が話しかけてきた。

「そのお花、気に入っていただけました？」

「え？」

彼女の視線は、撫子が持っているアプリコットメルバに注がれている。そんな質問をするということは、彼女は撫子のために伊吹がこの花束を用意したのだということを知っているのだろう。

もしかしたら、今まで撫子に贈られた花は凛子が手配をしたのではないか。伊吹の秘書ならば可能性はある。

そう思い、いつも綺麗な花を揃えてくれる礼を口にしようとしたが、言葉が出ないうちに凛子が話しだした。

「とても綺麗な色合いの物が揃った花束でしょう。副社長が厳選《げんせん》したのですよ」

「……あの……、加納様がお見立てくださっているのでは……」

「とんでもありません。デュランタも、コスモスも、このアプリコットメルバも、副社長が自ら郊外にある流通センターへお出かけになって、ご自分の目で選ばれたものですわ」

あまりにも予想外の話で、撫子は言葉を失う。彼女の反応を感動ゆえだと受け止めたのか、凛子はとっておきの情報を提供してくれた。

「アプリコットメルバは、厳選するのに二日かかりました。この品種は色幅がとても広いのです。ひとつの苗から、この名に見合った色の花が咲き育ってくれるかは最終段階までわからない。上手く杏色が入っても、こんなにも美しいグラデーションの物ばかりを揃えるのは、なかなかできることではないのですよ」

「……では、大和様は、……どうやってお集めに……」

「早急《さっきゅう》に、集められるだけの苗を仕入れました。その中から、副社長がより美しく色形が揃った物を厳選して花束をお作りになったのです。ラッピングも、副社長が自ら手がけられています。意外と乙女チックなラッピングをされるので、わたくしも驚きました」

伊吹がラッピングを施す姿でも思いだしたのだろうか。凛子はクスクスと笑いながら告げ口をする。

（あいつが？　全部……？）

撫子は今まで伊吹から贈られた花たちを思いだす。どれも美しく揃えられ、花がさらに映えるようなラッピングがされていた。てっきり伊吹が威張り散らして部下にやらせているものだとばかり思っていたのに。

「集められるだけの苗だなんて……。もしかしたら、そのためにとんでもない支出をさせてしまっているのではないのですか……？　もとはといえば、会社で仕入れたものなのでしょうし……」

戸惑うあまり、伊吹は会社が仕入れている物を私的に流用しているのではないか。そんな憶測《おくそく》まで披露してしまった。

すると、胸に抱いていた花束に凛子の両手が添えられる。

「ご安心ください、撫子さん。これらはすべて、副社長が個人的になさっていることです」

「え？」

「この花も、今までの花も、すべて会社側には一切の負担などかけてはおりません。いわば副社長のポケットマネーです」

「そうなのですか……」

凛子を見上げ、撫子は唖然としてしまう。話を聞く限り、花束を作るためにかなりの量の花を使ったのではないか。

「このアプリコットメルバが、今のところ一番大変でした。おかげ様で会社のありとあらゆる所にさまざまな色調のアプリコットメルバが飾られていますわ」

――こんな話は、想定外だ。

（嘘……）

伊吹が撫子のために、頭を悩ませ、手間をかけ、花束を用意する姿などまったく想像もしていなかった……。

（……どうして……）

疑問が湧いて、反発したいのに反発し切れない自分がいる。

どうして伊吹は、こんなことをしてまで撫子に気持ちをかけてくれるのだろう。

家同士の利害関係が絡んだ縁談だ。彼は破談にしてもいいと思っているからこそ、撫子におかしな破談条件を突きつけたのではないのか。

話がまとまったのならまとまったで、彼にも会社にも損はない。だが、特にまとまらなくても構わない。そう考えているのではないのか。

撫子をじゃじゃ馬と蔑《さげす》み、無理難題《なんだい》を突きつけてくる伊吹。

嫌われて当然な態度ばかりを見せているというのに……。

——なぜこんなにも、撫子の鼓動を刺激することばかりをするのだろう。

「女性おふたりで、話は盛り上がりましたか？」

考えこんでいると伊吹が戻ってきた。彼は撫子に「お待たせしました、撫子さん」と卒のない笑顔を見せてから、凛子へ話しかける。

「いかがです、私の婚約者は」

「ええ、とてもかわいらしいお嬢様ですね。副社長には少々もったいない気もいたします」

「それは厳しい。ですが、そのとおり。似合いの男になれるよう苦戦中ですよ。彼女は加納女史より厳しいので」

「それはそれは、ご愁傷様《しゅうしょうさま》でございます」

砕けた会話で笑いあうふたり。上司と部下ではあっても、とてもよい関係を築《きず》けているのだとわかる。

「いきなり声をおかけしてしまいしまい、申し訳ありませんでした。撫子さん、そのうちにぜひ会社へ、副社長の仕事ぶりを見にいらしてくださいね。きっといつも以上に張り切ってくださるはずですわ」

「あ……、はい、ありがとうございます」

ふたりに頭を下げ、凛子は駐車場出口の方向へ歩いていく。彼女に同行者はない。ひとりで来店したところ、伊吹の笑い声を聞きつけたのだろう。

「なにを話していたんだ？　なんだか加納女史、ずいぶんとご機嫌だったぞ」

凛子の姿が見えなくなると、伊吹が撫子の肩をポンと叩き探りを入れてくる。彼がひとかたならぬ手間をかけて花束を用意してくれているのだという話を思いだし、いきなり焦燥感に襲われた。

「あっ、あんたの悪口よっ」

頬が熱くなってくるのがわかる。そんな顔を見られるのがイヤで、さっさと助手席へ乗りこんだ。

やっぱりそうかと笑いながら、伊吹がフロントを回って運転席へ向かう。

ふたりきりになったら思い切り足を踏みつけてやろうと考えていたのに。そんな気持ちは、すべてどこかに消えてしまっていた……。

超箱入り娘を、何時間も連れ回すわけにはいかない。

伊吹はそう考えていたのだろう。午後から始まったデートは、夕方過ぎ、東海林家の夕食時間までには帰宅させるという、成人男女のデートとは思えないプランで進行した。

「ったく……、いまどき高校生でもこんなデートしないぞ」

「自分で予定を立てたくせに、ブツブツ言わないでよ」

帰りの車内で急に文句を口にし始めた伊吹に、撫子は苦言《くげん》を呈《てい》する。

服を買いに行った時点でかなりの時間を費《つい》やしてはいるが、ふたりはそのあと美術館やカフェなどにも足を運んだ。

デート前は、なにがデートだと反発していたものの、この数時間、伊吹のエスコートはスムーズで心地よく、ときどき嫌みめいた言葉を発しはするが笑顔を絶《た》やすことはない。つられるように撫子にも楽しい気持ちが生まれ、自然と笑顔が浮かんでいたような気がする。

美術館を訪れたあとは、その中庭に飼われていたリスの話題で楽しくすごせた。それなのに、もうそろそろ東海林家が見えてくるかという段階になって、伊吹の口から不満が漏れだしたのである。

「まあ、最初のデートからフルコースってわけにもいかないしな。特に、実家住まいのニセ箱入り娘には」

「なによっ、ニセってて。ついでにフルコースってなに？　食事のこと？」

「デートのフルコースに決まってんだろ。食事行って、飲みに行って、ホテル……」

「そんなことあるわけないっ、馬鹿じゃないのっ、信じられないっ！」

とんでもないプランに噛みついたあと、撫子はハッと思いたつ。

彼がホテル行きまで考えるということは、いわゆる「俺がベッドに引っ張りこみたくなる……」という条件を満たしていることにはなるまいか。

もしやこれは、知らないうちに自分は条件をクリアしているという意味なのでは……。

「なに勘違いしてんだ。今のおまえなんか、飲みに行った時点で地が出て暴れ出すのが関の山だろう。そんな女を押さえこんでまでどうにかしたいとは思わないぞ俺は」

「人をそんな酒乱扱いしないでっ。あんた、わたしをなんだと思ってるのっ」

ちょっとでも期待した自分が馬鹿だったのか。

それとも、期待を持たせる言い方をする伊吹の根性が悪いのか。

きっと後者だ。そう決めつけ、ほくそ笑みそうになる口元を隠すために伊吹から顔をそらす。

助手席の窓から目に入る夕刻の空は、朱色と夜色の微妙なグラデーション。すでに薄暗さを感じさせ、すれ違う対向車のライトが眩しく感じる。

間もなく屋敷に到着するだろう。そう思った瞬間、理解不能な心細さが襲った。

その感情に疑問を持つ間もなく車が停止する。屋敷へ到着したわけでも信号が赤になったわけでもない。彼が車を停めたのは、東海林家敷地の裏通りだった。

関係者や訪問客くらいしか使用しない道なのでひとけはない。このまま塀に沿って走っていけば門の前へ出るというのに、なぜこんな場所で停まってしまったのだろう。

「なに？　わたしに裏門からコッソリ入っていけとでも言うの？　いくら洋服姿を見て驚かれるかもしれないっていったって、そこまでしなくたっていいじゃないの」

「裏門？　ああ、そうか。夜中に忍んで行きたくなったら、裏門を開けておいてもらえばいいんだな」

「絶対に開けないっ」

嫌みを言っても無駄。なにを言っても彼は造作《ぞうさ》なく撫子を黙らせてしまう。

それが悔しいはずなのに、なんとなくこんなやり取りが当たり前に思え、イヤな気持ちにはならなくなっていた。

この不思議な感情は、単なる慣れなのだろうか……。

「正門に回る前に、ご褒美をやっておかなくちゃならないだろう」

「は？」

問いかけて顔を向けるまでもない。シートベルトを外して素早く撫子のほうに身を乗り出した伊吹は、彼女の頬に唇をつけた。

「ちょっとっ……」

反射的に頬を押さえて身を引く。近い位置で伊吹が柔らかい微笑を見せ、胸がドキリと高鳴った。それを誤魔化すため、咄嗟に出る憎まれ口。

「なっ、なによっ。なにに満足したってわけ？　ああ、そうか、買い物でＶＩＰ待遇だったし、気分がよかったってわけね。まったく、傲慢《ごうまん》だったらないわっ」

「おっ？　『ほっぺにキスは伊吹君が満足してくれた証拠。わたしエライっ』って、覚えてたんだな」

「その吹き替え、なんなのよ。『伊吹君』とか言わないでよ、気持ち悪いっ」

「おまえなら呼び捨てでも許すぞ」

「おっ、お断りよっ……きゃぁっ！」

話しているうちに伊吹が笑いながら撫子のシートベルトを外す。家が近いから外したのかと思った瞬間、いきなりシートが倒され、撫子は大きな声を出してしまった。

なにごとかと動揺するも、対応できないうちに両肩口を押さえられる。すぐに伊吹の顔が近づいてきた。

「今日のデートそのものに満足したって意味だ。ってわけで、最高のシメにしてくれよ」

「し……、シメって……」

「俺が、嬉しいと思う、デートのシメ」

これは、俺が嬉しいと思う出迎え、と同じ意味なのだろうか。つまりはこのデートの最終を、彼好みにまとめられる女になれということか。

言葉といい、態度といい、それはどういう意味なのかと食ってかからなくても、彼が望んでいる事柄がわかってしまう。

つまりは……。

「ほら、撫子。目を閉じろ」

出迎えと同じだ。撫子はこれからなにが起こるかを悟りつつ、唇を結び瞼を閉じた。

「……イイ子だ……」

ぞくりとする艶声。身体を固めた撫子の唇に、伊吹の唇が落ちてくる。

「ちゃんと息をしろよ。覚えているか……」

前回のおさらいを口にされ、かすかにイラっとする。いつもと同じように、彼の唇が付いたり離れたりを繰り返すなか、今回はときどきキュッと吸いつかれた。

また「吸って、吐いて」と指導されるのは悔《くや》しい。撫子はくちづけの隙を窺って口呼吸を繰り返した。

何度か意識してやってみると、徐々に自然とできるようになる。癪には障るが、伊吹の教えかたは間違ってはいなかったようだ。

慣れてきたのか身体の緊張が解けていく。すると、意識が彼のキスにだけ向かい他のことが考えられなくなっていった。

毎回のことだが、伊吹にキスをされると意識がとろりと蕩《とろ》けてしまいそうになるのはなぜだろう……。

彼のキスが心地いいと思ってしまったとき、上唇を軽く唇で挟まれ、撫子はビクッと身体を震わせた。息を詰めて声を出そうとするが、なんと言ったらいいのか自分でもわからない。その行為は、叫んでしまいたいほどの衝撃だったのだ。

「上手く呼吸ができたから……。もう少し、大人っぽいキスをしてやるよ……」

伊吹の囁きは小さなものであるのに、吐息に混じってとても大きく聞こえる。そう言えば彼が、キスに慣れたら大人っぽいものをしてやるなどと言っていたことを思いだした。

「……あ……」

反射的に驚きと戸惑いが混じった小さな声が出る。すると、細く開いた唇の隙間から伊吹の舌が入りこんできた。

こんなキスの種類があるのも、知識としては知っている。だが、あくまでも知識のみだ。舌を挿《さ》しこまれてから自分がどうするべきなのか、口は開けていたほうがいいのか、対応などわからない。

なにもわからず丸めていた舌を伊吹の舌にさらわれる。なにをされてしまうのだろうという怖さのあまり、撫子は舌を横へそらした。

すると、クスリと笑う伊吹の吐息を唇に感じる。

「……怖がるな。乱暴はしない……」

彼の言葉を聞いて気持ちが楽になる。ふと、初めて伊吹にキスをされた日のことを思いだした。

たしかあのときも、彼は同じことを言った。そしてその言葉に間違いはなかったのである。身体がそれを覚えていたのかもしれない。なにをされるかという怖さが消えてしまったのだ。

今回も、伊吹は決して嘘はつかない。撫子の舌先に触れた彼の舌は側面を優しくなぞり、舌先同士を絡ませる。それ以上、深く侵入してくることはない。

口の中をくすぐられているような不思議な感覚だった。蕩け落ち、このまま意識を失ってしまいそうなほど甘ったるい眩暈を感じ、撫子は思わず伊吹のスーツをキュッと握りしめてしまう。

彼女の指先がかすかに震えていることに、彼は気づいていたのかもしれない。押さえつけていた肩口から手を離し、撫子の頭を抱いてポンポンと撫でた。

「教えてやるよ……撫子。アプリコットメルバの、花言葉」

キスを続けながら、吐息混じりの言葉が零れ出す。唇の先に感じる艶っぽい熱が、なぜか身体を熱くした。

「……〝楽しい気分〟だ……」

閉じていた瞼が開きかける。直後、同じように半眼になった伊吹の瞳が目に飛びこんできた。

こんなことが以前にもある。あのときは伊吹の色っぽい眼差しに焦りを感じてすぐに目を閉じてしまった。なのに今は、目を閉じたいと思わない。

見つめあうことに焦りを感じないのだ。このまま、見つめていてほしいとさえ思ってしまう……。

「アプリコットメルバ、そのもの自体に花言葉はない。これは、正規のアプリコットという品種の花言葉だ。成長しながらさまざまに変化するアプリコットメルバのように、いろいろに変化する楽しい気分をたくさんもらった。おまえは、俺の望みどおりのデートにしてくれた……」

花言葉どおりのデートになることを望むと、彼は最初に言っていた。

伊吹はこのデートが楽しいものであるよう、撫子のさまざまな面を感じて楽しい気持ちをもらえるよう、そんな希望をこの花にこめたのだろう。

相変わらず、深読みしなくては理解できない講釈を語ってくれるものである。

――だがそれを、もはやなじりたいとも責めたいとも思えない。

「……撫子、まだだ……。目を閉じていろ……。こういうときに目を開けている女は好みじゃないと、教えただろう」

小さく笑われ、瞼を閉じる。「威張りんぼ」と文句を言う気も起こらない。

「――今日は、ありがとう……。かわいかったぞ……」

彼の囁きが、とろりとした電流を全身に流したような気がした。

言葉と共に落ちてくる唇は、何度もついては離れ、離れてはつきを繰り返す。

いつの間にか舌先同士が軽く触れあうようになったころ、指先を震わせていた手は伊吹の肩に添えられた。

（気持ち……いい……）

全身に甘く流れる微電流は、いつの間にか撫子の心まで蕩かす。

伊吹のキスが、とんでもなく気持ちいい……。

触れる唇。温かな吐息。控えめに絡まる舌。ほどほどに感じる、彼の身体の重み。

体温が上がっていくのがわかる。腰の辺りがじわっとして、汗でもかいたのかと錯覚《さっかく》するがすぐに違うと悟った。

腰がもぞもぞとしてしまったとき、伊吹が身体を助手席側へ移動させ、撫子の両腿《りょうもも》を跨《また》ぐようにシートに膝をついた。

「ホントに、イイ顔するな……。ヴァージンのくせに……生意気すぎる」

ちょっと忌々しげな口調は、彼の焦りの表れだったのかもしれない。

何度か言われていたセリフだが、自分がどんな顔をしているのかなんてわからない。ただ、言われるタイミングと彼の様子から、官能《かんのう》的な意味で使われているのはわかった。

「気持ちいいのか？」

ペロリと唇を舐められ、肌に震えが起こる。反応を隠す術《すべ》も知らない撫子は、感じるままに答えるしかない。

「……うん……、きもちいい……」

「なんだそれ……素直だな。ゾクゾクくるだろ……」

素直なのはいいことだとはいえ、この状況で撫子がそうなってしまうのは、伊吹にとって意外だったようだ。

本当に気持ちがよかった。ふわふわして、全身が温かくて、おかしな気持ちになる。

今なら……、もっと素直になってもいいような気がした。

「大和……様」

「ん？　どうした、いきなり気取って」

「ありがとう……ございます」

「キスが気持ちいいからか？」

ストレートな見解を示され、いつもならムキになったかもしれない。けれど撫子は、この気分のよさに乗《じょう》じて感じるままを口にした。

「わたしも楽しかった……。いろいろ、文句を言ったりもしたけれど、……初めてのデートだったし、すごく……」

とても、楽しかった……。

どう言葉に表したら伝わるだろう。同じ楽しいでも、家族といる楽しさや友だちといる楽しさとはまた違う楽しさ。

いつの間にか胸の奥が温かくなって、浮き立つような楽しさを感じていた。

「どうしよう……、なんて言ったらいいのか、わからない……」

心が戸惑う。どんな言葉にすれば、今の気持ちが伊吹に伝わるのだろう。

「あーっ、……ったく……」

すると伊吹がイラついた声を出し、ハアッと息を吐いたのだ。

なにかイラつかせるようなことを言っただろうかと思ったとき、伊吹に顎を摑まれた。

薄闇の中、彼と視線が絡まる。艶っぽい眼差しに射抜かれて、お腹の奥のほうが、ずくんと重たくなった。

「イイ顔しすぎ。……かわいすぎる。我慢できなくなるだろう？」

「……か、かわいい、って……」

「よし、ちょっと休戦《きゅうせん》だ」

そう言うと、伊吹は撫子の肩に顔を落とす。

「おまえも、つらいだろう？」

「つらいって……なにが……」

「ここ」

素早くスカートの中に入ってきた大きな手が、太腿を撫で上げていく。太腿の外側ならまだしも内側だったせいで、撫子は反射的に足のあいだを締めた。

当然伊吹の手を締めつけてしまう。力を緩めようにも、手をよけてくれるという保証がないせいか緩められない。

「湿《しめ》って熱くなっている。モジモジしてばかりいたからおそらく、と思ったが、はずれていなかったようだな」

「湿って……え？　あっ……！」

慌てた声が出て思わず身体が起き上がりそうになるが、伊吹の身体があるのでそれができない。咄嗟に動いた両手は、撫子の足を膝で跨ぐ伊吹の太腿を押すように掴んだ。

いけない部分に潜んでこようとしている手を掴めばよかったのかもしれない。しかし彼

だしたのだ。の手は太腿に挟まれたにもかかわらず簡単に行き止まりへ到達し、指先がそこをまさぐり

「や、やだ……ちょっ……」

柔らかな肉の盛り上がりを指先で押され、身動きできないほどの恥ずかしさに襲われる。

「ぁの……どこさわって……、ちょっと……バカァ……」

文句が文句にならない。抵抗しているのか自分でも不明なほど弱々しい。

「ほら、やっぱり限界だろう？　少しスッキリさせてやるから、黙って感じていろ」

「スッキリって……なに、それ……あンッ……！」

手のひらが足の中央に押しつけられる。柔らかい快感のボールが脳に投げつけられたような、ほわんとした衝撃に喉が反った。

「反応よすぎ……」

手が離れてホッとしたのも束《つか》の間《ま》、あろうことかその手はストッキングとショーツの中へねじこまれ、恥ずかしい部分へ直《じか》に触れてきた。

「やっ……！」

驚いた反動で摑んでいた伊吹の足を押すが、ビクともしない。それどころか彼の手は恥《ち》丘《きゅう》を撫で、頼りなく門を閉じる花園の入口を指で擦《す》り始めた。

指はとてもスムーズに動き、あろうことか花びらの合わせ目に、つぷっと指が潜っていく。足はピッタリと閉じているのにどうして手を動かせるのかと思うが、その原因は撫子

のほうにあった。

「ひどく濡れている……。キスがよほど気持ちよかったんだな。正直でいい子だ」

「馬鹿っ……やっ、ンッ……」

「こんなに気持ちよくしてやったのに馬鹿はあるか。身体くらい本人も素直になれば、もっといい女なのに」

「なに言って……ぁ、あっ、やっ……」

「そうやって小さな声が出るだろう。それに任せていればいい。素直に感じていろ、キスのときみたいに」

　キスとは触れられている場所が違いすぎる。素直にと言われてもなかなかそれができない。

　伊吹の唇が胸に落ちる。ワンピースの上から胸の隆起《りゅうき》をたどるように顔を動かされ、鼓動がどんどん早くなっていく。

「安心しろ。ここは直にはさわらない。……そこまでしたら、本当に俺の理性がぶち切れる」

　安心しろと言われても、動揺は隠せない。服越しでも、いくらキチンとブラジャーを着けていても、男性の顔が自分の胸の上で動いているのだ。

　それも胸の頂《いただき》に唇をあてて息を吹きこんでくる。温かい吐息が胸の一番高いところからじわっと広がってきて、否が応でも肌を刺激した。

「あっ……や、あったか……ぃ、んん……」

「これだけでも感じるのか……。ヤバイな、おまえ」

　非難されているのか、からかわれているのか、わからない。なんとなくわかるのは、伊吹が楽しそうだということ。

「あんまり煽るなよ。素っ裸に剝きたくなるから」

「ば……ばかっ……この、エロ御曹司がぁ……」

「イイねぇ、褒め言葉」

　蔑んだつもりが目的どおりにはいかず、かえって伊吹は喜んでいる。それどころか「エロ御曹司の認定どおりに……」と口にした直後、またもや頂に唇を当て吐息を吹きこんできた。今度はかすかに唇を動かしているような気がする。肌に伝わる刺激が、先ほどと違って上がっているのだ。

「あっ……、や、やぁ……」

　温かく、じわじわと広がり落ちていく快感。広がりかたは優しいのに、なぜか腰の奥がきゅうっと絞られるような重い刺激に襲われる。足のあいだでなにかがぽこっと湧き出てくる気配がして、それを感じるごとに伊吹の指の動きが大きくなる気がした。

「ンッ、んっ……やっ、や、なんか、もぉ……やぁ……」

　下半身に重い疼きが溜まってくる。無意識のうちにそれを弾《はじ》けさせたがる自分がいて、彼がくれる指の刺激を待っているような気もした。

（やだ、わたし……こんなこと）

自分はこんないやらしいことを求める性格だっただろうか。身体をさわられて、こんなにおかしな気分になって……。

もっとしてほしいとさえ、感じて……。

「大和……さっ……ダメ……もう、や、めて……」

「いやだ」

即答《そくとう》すぎる。

「撫子がイきそうになのに。やめられるか」

イきそうとはなんだろう。……知識的にわかるような気もするが、感覚的には知らない。わかるのは……。

この行為をしているのが伊吹だと思うと、いやな気分ではないということ。

「大和さ……わた、し、ぁ……あっ！」

「素直に感じて力を抜け。すごくイイ顔してるぞ。本当に理性がぶち切れそうだ。ほら、もっと俺を煽れ」

「やっ、なにそれ……ンッ、や、やぁあっ……！」

秘裂《ひれつ》を擦る彼の指が蜜海《みつかい》で泳ぎ、潤《うる》けた溝《みぞ》で興奮を煽る。ときどき蜜泉《みっせん》の入口で指の腹が引っ掛かり、ヒクヒクと足が震えた。

恥丘の薄い茂みがしっとりとしているのが感じられ、いったいどれだけ潤ってしまっているのだろうと、羞恥心が甘く疼いて泣きたくなる。

　秘裂の上段に控える小さな極所《きょくしょ》をいじられると、もう駄目だった。溜まっていた疼きが一気に弾けようと、身体をせり上がってくる。

「つらいだろう？　もうイけ」

　撫子につらさを逃がせと言っている声が、もしかして伊吹のほうがつらいのでは……と思わせるくらい上ずっている。蜜にまみれた秘珠《ひぎょく》をくりっと掻《か》かれて擦りこまれる。その刺激に撫子は足を引き攣らせた。

「やっ……や、あっぁンッ……あぁっ——！」

　グッと閉じた瞼の裏で白い光が弾ける。椅子に座っているはずなのに、お尻の下にはなにもないかのような浮遊感《ふゆう》が生まれた。

「あ……ぁ、ハァ……」

　余韻《よいん》が残って、ずくずくと下半身が脈打っているような気がした。このまま眠ってしまえそうなほど頭がボーっとする。

　それでも、もてあそんだ秘部《ひぶ》から手を離した伊吹がその手の指をぺろりと舐めたのを目にして、恥ずかしさのあまり意識は保たれた。

「ちょっと……舐めないで……」

「我慢したんだから、このくらいさせろ。おまえが俺を感じてくれた証拠だ。味わっておきたいだろう」

「へ……変態……」

呼吸がまだ戻らない。意識は保たれているがぼんやりする。

そんな中、伊吹が繰り返し頬にキスをしてきた。

「……休戦解除するの……もったいないな」

休戦の意味を、今になって悟る。相手に触れ、性的に煽り合う行為は、伊吹の言う「ベッドに引っ張りこみたくなる……」の感情に火をつける可能性がある。

実際、火が点《つ》きかかっているような発言もあった……。

だからこそ彼は休戦にしたのだ。今だけ、賭けのことは忘れようと。

「……本当に……、もったいないかも……」

浮かされた気持ちのまま、そんな言葉が出てしまった。

快感を宿《やど》す撫子の目に、ちょっと驚いた顔をして……刹那、寂しげに微笑んだ伊吹が映る。

その表情の意味を悟れないうちに抱きしめられ、撫子は、しばし伊吹の腕の心地よさに酔った。

第五章　私の想いを受け取ってください　ハナミズキ

初めてのデートから二週間。

その後も、当たり前のように伊吹は撫子の元へ通ってくる。

彼とて忙しい身なのだから、もちろん毎日ではない。極力時間を作り、仕事の帰りに東海林家へ顔を出していくのである。

相変わらず撫子に彼好みの出迎えをさせ、憎まれ口を叩いて彼女を煽り、楽しげに笑う。

反発をしてやり返しても、結局は伊吹が望むとおりにされる。よくできました、と、称賛のキスを与え続けられるのは、考えようによっては、まるで撫子は彼に躾けられているかのようだ。

犬や猫ではない。人をなんだと思っている。そう反抗することだってできるのに……。

そんな気持ちがまったく起きないのは、なぜだろう。

それどころか、伊吹が来ない日はなにか物足りない。遠慮なしに自分をぶつけられる相手がいないからだと自分に言い訳をしてみるが、撫子の心には、ぽっかり穴が空いてしまったかのよう……。

伊吹は取引先の品評《ひんぴょう》会などが重なり、週末も仕事が入っているらしい。

夜の遊園地へ連れて行ってくれるという約束も、予定を立てられないままだった。

久しぶりに彼がやってきた夜、そのことが話題に出た。撫子はそんな話もあったわねと言わんばかりの素振《そぶ》りで素っ気なく答えたのである。

「別に行きたくなんかないわよ。あんたと夜に出かけるなんて、冗談じゃないわ」

「無理するな。連れていってもらえないから拗《す》ねているのか？　かわいいな、おまえ」

「うっ、うるさいっ。自惚れないでっ」

からかわれ言い返すも、実は図星である。約束をしたのになかなか日にちを決めてくれないことに、子どものような苛立ちを感じている。

そんな自分を必死に隠そうとしているだけだった。

揺れ動きすぎる気持ち。

自分の心がまとまらない。こんなおかしな感情は、初めてだ……。

――いつものように伊吹を見送り、撫子は彼をもてなした客間へと引き返す。

もらった花を置きっ放しにしているので、早く花器に活けてあげたかった。

今夜伊吹が持ってきた花は、セントポーリアとソリダスターを合わせたミニブーケ。

白にピンクの縁取りがされたセントポーリアはとてもかわいらしく、そこに、淡い黄色のソリダスターが華やかさを添えていた。

セントポーリアの花言葉は、〝小さな愛〟。最近の伊吹は恋愛系の花言葉を持つ花ばかりを選んでいるような気がする。

『女心をくすぐろうとする、いやらしい気障《きざ》なやりかたね。続けるとしつこく感じるだけよ。こっちの黄色い花も同じような意味なの？』

皮肉《ひにく》を口にした撫子。もちろん伊吹は高飛車《たかびしゃ》な態度で講釈を並べ立てるのだろう。そう、思っていた。

しかし彼は、ふっと微笑を浮かべ、呟くように言ったのだ。

『ソリダスターは、……〝私に振り向いてください〟、だ……』

――なにも言えなくなった……。

それどころかドキリと鼓動が高鳴り、胸が苦しくなってしまったのである。

伊吹が花言葉にいろいろな気持ちを込めているのはわかっている。ならば、これはどう取ればいいのか。

おまけにソリダスターは通常で考えるのなら夏の花だ。今は十一月なので正規の開花時期ではない。とすれば、撫子にこの花言葉を届けるために、伊吹は手間暇《てまひま》をかけて手配をしたことになる。

「……なんなのよ……。もう……」

文句のような言葉が漏れるが、決してイヤな気持ちではない。

わからない。自分の気持ちは、いったいどうなってしまったのだろう。

客間へ戻ると、家政婦の久子が湯呑みを下げ、片づけをしているところだった。

花束は座卓の上に置かれたままになっている。撫子は室内に足を踏み入れ、久子に声をかけた。

「お久さん、ちょっと聞いていい？」

「どうしました？　お嬢さま」

座卓を拭き終えた久子が、撫子に声をかけられて立ち上がる。撫子は花束を手に取り彼女へ見せた。

「これなんだけど……」

「かわいらしいお花ですね。本当に大和様は、毎回お嬢さまにお似合いのお花を持ってきてくださいますね」

「あのね、お花じゃなくて……、こっちなの」

「はい？」

撫子が示したものを見て、久子は目をぱちくりとさせる。それは、花束の持ち手に巻かれリボン結びにされたネクタイだった。

「ずいぶんとまた……、珍しい物が巻かれていますね」

「あ……、なにか巻いたほうがかわいいからって言って……、大和様がご自分のネクタイを巻いてくれて……」

いまいちハッキリとした説明ができない。

正確には、持ち手にチャームをつけてラッピングをしてあったものに、撫子が意地悪半分「花がかわいいんだから、リボンのほうがよかったんじゃない？」と文句をつけてしまったのである。

するとイ伊吹が自分のネクタイをほどき、花束の持ち手に巻いてリボン結びにした。

『これで我慢しろ。今度はひらひらのかわいいリボンにしてやるから』

リボンの手持ちがないならないでいいのに、伊吹はよりにもよって文句もなにも言わずに躊躇《ちゅうちょ》なくネクタイを巻いた。

身形に気を遣っている彼がしているネクタイなのだから、気軽にリボンの代わりにできる安物ではないはずだ。そんなことをされて逆に撫子が困ってしまったのである。

「でね、これって、……自分で洗っても大丈夫かしら……」

「丁寧に手洗いすれば大丈夫ですよ。洗っておきますか？」

「あ……、わたしがやろうかなって。……お久さん、教えてくれる？」

撫子が照れくさそうにお願いをすると、久子の動きが止まる。すぐに久子は表情を歪め、エプロンの裾で目頭を押さえた。

「……お嬢さまが……ご自分で……。大和様のためにお洗濯をしようだなんて……。なんて素晴らしいことなんでしょう……」

「いっいやっ、あのねっ、お久さんっ」

「そうですよね。大和様はいつもスーツをご着用の方ですから、もしものことを考えて、お嬢さまもそういったことを覚えておいたほうがよいですもんね」

「あ、あの……、そうじゃなくてっ、……あの、クリーニングになんか出すまでもないかなとか思っただけで……」

「いいんですよ。お恥ずかしいんですね、わかりますよ。わたしはお嬢さまの味方《みかた》ですよ。任せてください、クリーニングに出したのと変わらないぐらい、しわのひとつもなく仕上げる方法をお教えしますから」

「あ……ありがと」

久子の張り切りようを目の当たりにしては、彼女の言葉を否定するのも申し訳ないような気がしてしまう。

たしかにクリーニングへ出してしまえば手間いらずなのだ。だが撫子は、自分も伊吹のためになにかできないだろうかと考えてしまった。

彼女のために、いつも花を厳選し、そこにいろいろな想いを込めてくる伊吹。彼がくれる心遣いには足りないのかもしれないが、同じように、彼のためになにかをしてみたい。そんなことを考えてしまった。

「お嬢さまは、本当によい方とのご縁談を戴いたと思っていますよ」

よほど感動したのだろう。久子は鼻をすすりあげ、湯呑みをのせた盆を持つ。そして嬉しそうに撫子へ笑いかけた。

「大和様とのご縁談があってから、ずいぶんとお嬢さまの雰囲気が変わったような気がするんです」

「変わった？」

「はい。もう……、公園の樹《き》に登って、坊ちゃまをハラハラさせたお嬢さまじゃないな、なんて思います。……元気なお嬢さまが大好きなわたしとしては、なんとなく寂しいですが、反面とても嬉しいですよ」

部屋を出ていく久子を見ながら、撫子は花を胸に抱き、伊吹のネクタイを強く握りしめた。

変わっていく気持ちと、変わっていく自分。

この変化はもしかして……。

そんな気持ちがありながら、どこかでそれを認められない、意地っ張りな自分がいる。


次に伊吹が顔を見せると言っていたのは、金曜日。

今まで、あまり日を開けず撫子の元へ通っていたので、三日も空いてしまうのは珍しい。言われた撫子のほうが驚いてしまった。

伊吹が花束にネクタイを結んだ翌日の火曜日。撫子は久子にネクタイの手洗い方法を教わった。

正直なところ、アイロンがけなどの経験はない。生地を傷めないよう緊張しっ放しではあったが、考えてみれば、久子のほうが火傷《やけど》などを心配してハラハラしどおしだったようだ。

ネクタイは伊吹が来たときに返せばいい。そう思いつつも、違う思いも胸に浮かぶ。彼がネクタイを花束に使ってしまったのは、もとはといえば撫子のひとことが原因。借りたものはすぐに返すべきではないか。

(会社にでも、届ければいいかしらね……)

遠慮なくものを言う彼のこと。今度会うときに、返しにこないのは非常識だと言い出しかねない。

すぐにでも返しに行こうと決意を固めたが、思考はそこでストップした。

借りたのは昨日。翌日すぐに洗って届けに行ったのでは、伊吹のためにわざわざ撫子が時間を割いて手をかけたと、大袈裟な解釈をされてしまうのではないか。

手をかけたのは間違いではない、だが、彼は必ずこう言うはずだ。

『そんなに、俺のためになにかがしたかったのか?』

……すごく癪に障る……。

それならば一日おけばいい。撫子は明日の水曜日にしようと考える。だが……。

『わざわざ渡しに来るなんて。一日会えなかっただけで寂しかったのか。よしよし、懐《なつ》いてるじゃないか、かわいくなったな、おまえ』

そう、からかい気味に言われそうである。

かといって、木曜日にしたところで……。

『明日顔を見せるって言ってあったのに。会いたくて我慢できなかったのか。正直なのはいいことだぞ、撫子』

と、やられるのがオチだろう。

撫子は頭をかかえる。これでは、いつ行っても同じだ。

だとすれば、無難に一日くらい空けておけばよいではないか。水曜日は午前中に講師のお役目が入っているが、午後からは自由がきく。

行くことを決めた途端、なぜか鼓動が速まりだす。頬がほんわりと温かくなった気がして、撫子は両手でパンパンと叩いた。

「と……届けるだけよ……。届けるだけ……。会いに行くわけじゃないんだから……」

呟く言葉が、まるで言い訳のよう。落ち着こうとするものの、ソワソワと逸《はや》る気持ちは止まらない。

二週間前に誘われたデートの前日よりも鼓動が騒ぐ。

この変化を、どう受け止めよう……。

水曜日の午後は、ちょうど柊都も時間が空いていた。

理由を言わずとも、撫子に頼まれれば彼は喜んで送迎を引き受けてくれただろう。

また、出かける理由を父や母に言ったのなら、歓喜《かんき》して運転手つきの車を使わせてくれたに違いない。

だが撫子は、こっそりと久子に頼み、裏門にタクシーを呼んでもらって屋敷を出た。なんとなく、伊吹の元へ出向くことを家族に知られるのが恥ずかしかったのである。撫子自ら男性を訪ねていくなど、初めてのことなのだから。

小さなバッグの中には、小風呂敷《こふろしき》に大切にくるんだ伊吹のネクタイが入っている。なにか特別なものを持っているという意識が強すぎて鼓動が落ち着かない。

タクシーの中でソワソワし通しだった撫子ではあるが、彼女の動揺はタクシーを降りてさらに大きくなってしまった。

「……か、返すだけ……返すだけ……返したら、すぐ帰るんだから……」

目の前にそびえ建つビルを見上げ、撫子は呆然と繰り返す。

(なんなの、このおっきいビルはっ!!)

見上げても何階建てなのかを確認できない。敷地内には前庭があり、その背後に建つビル。これこそ、ヤマト・フラワーコーポレーションの本社である。

名の知れた企業のひとつだ、という認識はあった。しかしこれは予想外。

撫子が考えていた会社のイメージは、オフィスビルの数フロアを借り切っているか、または、広い敷地に流通センターと一緒になった二階建てくらいの社屋《しゃおく》。その程度だった。

しかしこれは、まさしく、一流企業でございますと言わんばかりの外観《がいかん》。大きな社名板を見ただけで感じる、この威圧感はなんだろう。

（……本当にあいつ……、〝副社長様様〟だったんだ……）

二週間前のデートで、撫子は伊吹を「副社長様様だもんね」と皮肉《ひにく》った。しかしそれは実際に間違いではなかったのである。そう言われてもよいだけの会社で、彼はその立場を与えられている。

あのとき、秘書の凛子が郊外にある流通センターの話をしていた。とすれば、本社ビルの他に関連施設をいくつか持っていることになる。

親戚たちも撫子がヤマト・フラワーコーポレーションの副社長との縁談をもらったと知って、ずいぶん感動していたではないか。

ビルを見上げたまま、撫子は胸が痛くなってきた。

見合いの日、伊吹に言われた言葉がよみがえってきたのである。

――毎日自分が活けている花が、どういった経路で手元へ渡るかも知らないお姫様が『お父様に言って破談にしてもらう』だと？　笑わせるな。

……本当にそのとおりだ……。

撫子は、なにも知らない。知る必要などない立場だった。そして、知ろうともしていなかった。

考えてみれば、伊吹のことも関わった表面上のことしか知らない。縁談を断ることしか頭になかったので、会社のことさえ知ろうとはしていなかった。

急速に大きな羞恥心が彼女を襲う。

なにも知らず、知ろうともせず、自分がとんでもなく虚勢《きょせい》ばかりを張る幼い子どものように思えた。

ますます伊吹と顔を合わせづらい。彼に会うことを恥ずかしく感じる。就業時間中であるうえ、なんの連絡も入れてはいないのだから、いきなり呼び出しては仕事の邪魔《じゃま》になりかねない。ネクタイは受付にでも預けてしまえばよいだろう。

預けてすぐに帰ろう。そう考え、撫子はビルへ向かって歩き出す。

前庭を歩いていた時点から、すれ違いざまの視線を多数感じた。平日の午後に着物姿の若い娘が会社に入ろうとしているのだから、そこを通る社員や関係者たちは珍しく思うに違いないのだ。

ビル内に入ると広いエントランスいっぱいに飾られている花が目に入る。大小の観葉植物の鉢からフラワーテーブルに飾られたアレンジメント。ロビーも太陽の光を取りこみやすい設計になっているらしく、とても明るく清々しい雰囲気だった。

思わずきょろきょろと見回してしまうが、みっともないような気がしてすぐに視線を前へ向ける。インフォメーションカウンターというプレートがすぐ目に入り、そこへ足を進めた。

受付のようなものなのだろう。嫌みのないマニュアルどおりといわんばかりの笑顔を湛えた女性がふたり、撫子を迎えてくれた。

「おそれいります。わたくし、東海林と申します。大和伊吹様に、お届け物をお持ちしたのですが」

「副社長でございますね。お約束はおありですか？」

「あ、いいえ。面会ではなく、お渡しいただければと」

撫子はバッグからネクタイの包みを取り出そうとする。そのとき、この清々しいエントランスには不似合いな慌ただしい足音が大きく響き渡り、カウンターへ近づいてきた。

足音は撫子の横で止まる。目を丸くしている受付嬢の視線を追った彼女は、同じように目を丸くした。

「やっぱり、撫子さんだ」

「やっ……やや、やっ、大和様っ……？」

そこに伊吹が立っていたのだ。なぜか、大きく息を切らして。

肩を上下に大きく揺らし、伊吹は呼吸を整えながら撫子に微笑みかける。

響き渡っていた大きな靴音を考えると、彼はよほど急いで来たのだろうことがわかった。こんなにも息を切らして、いったいどこから走ってきたのだろう。

「貴女の姿が見えたので……、急いで走ってきました。ここまで足を運んでいただけたのは、僕に会いに来てくれたのですよね。嬉しいですよ」

「あ……あの……」

まさか本人が現れるとは思わなかった。撫子が戸惑っていると、もうひとつ足音が近づき、伊吹に声をかける。

「副社長、こちらにいらっしゃいましたか。……まあ、やはり撫子さんだったのですね」

伊吹のうしろに立ち、驚きの声をあげたのは凛子だった。彼女は撫子の姿を確認してから、苦笑いで伊吹を見る。

「驚きましたよ。いきなり走って行かれるので」

「撫子さんの姿を見つけてしまったのでね。早く行かなくてはと焦ってしまって」

「それにしたって……」

凛子はため息混じりに息を吐き、撫子に告げ口をした。

「ちょうど移動中で十階にいたのです。そうしたら、廊下の窓から着物姿の女性がビルに向かって歩いてくる姿が見えて。『あの雰囲気は絶対に撫子さんだ』って言って、いきなり走って行かれてしまったのですよ。驚きました」

「十階って……。あの、エレベーターかなにかで……」

「いいえ。わたくしがエレベーターを使うようお勧めしたというのに、階段のほうが早いって、駆け下りていかれました。十階ですよ。さすがに呆れてしまいましたわ」

秘書からチラリとお咎めの視線を向けられるが、伊吹は悪気なく笑う。

「早かったでしょう。階段のほうが」

「エレベーターを使ったわたくしと、さほど変わりません。いくら撫子さんを見つけたからって」

「いても立ってもいられないでしょう。撫子さんが、わざわざ会社に私を訪ねてきてくれたのですよ。できることなら、階段の手すりを滑《すべ》り下りていきたかった。そのほうがもっと早く到着したのに」

「危険ですからおやめくださいねっ。そんな、やんちゃな子どものような真似《まね》はっ」

ふたりの話を聞きながら、撫子はどうしたらいいのか戸惑ってしまう。

着物姿の女性がビルに向かっているのを偶然にも見つけ、伊吹はそれが撫子であると確信を持った。

着物姿の若い女は珍しいという彼の言葉どおり、見当がつけやすかっただけなのかもしれない。それにしたって、十階から駆け下りてくるほどのことなのだろうか。

いても立ってもいられなかった。不覚にも、その言葉は撫子の鼓動を速めた。

「せっかく来ていただいたのですから、どうぞ撫子さん、私の執務室《しつむしつ》のほうへ」

伊吹が撫子の背に手を添える。エレベーターホールの方向を手で示すが、撫子は足を踏み出せない。

「で、ですが、あの、お約束もしていませんし」

「貴女にそんなものは不要です。大切な方を、もてなしもせずこのままお帰しすることはできません。さあ、どうぞ」

「は、はい……」

あまり遠慮をしてはかえって失礼だ。伊吹に促されるままエレベーターホールへと向かう。ちょうど下りてきた一基に、凛子を含め三人で乗りこんだ。

他に乗った者はいない。このメンバーでなにを話したらよいのかもわからず階数表示を見つめていると、十階でエレベーターが停まった。

伊吹は十階で撫子を見つけたと言っていた。ここで降りるのかと思ったが、降りたのは凛子だけだったのである。

「では副社長、わたくしは先に説明を」

「お願いします。すみません」

「ひととおり終わりましたら、あとは副社長にお任せいたします。撫子さんがいらっしゃっているのに申し訳ありませんが」

「私の仕事です。そんな気遣いは無用ですよ」

伊吹の言葉を聞き、凛子は満足げに微笑んで頭を下げる。扉が閉まり、ふたりきりになった箱は再び上昇を始めた。

「あの……さ……。もしかして、お客様がいらしているのではないの……？　仕事に関係した……」

おそるおそる尋ねると、伊吹の口調が他人行儀なものから撫子用に変わる。

「ああ。新規事業に関係するクライアントだ。ちょうど会議室へ向かう途中でおまえを見つけた。ったく、なんでこんなときにノコノコやってくるんだおまえは。自宅に顔を出すのとはわけが違うんだぞ。会社だぞ。連絡くらいはよこせ。まったく、これだから世間知らずのお姫さんは考えなしでっ」

「そこまで言うかっ！」

まったくもってひと言多すぎる男である。

食ってかかろうとすると、撫子を見おろした伊吹の口角が上がり、小さく顎を上へしゃくった。

「監視カメラがついている。ここで食ってかかって手でも上げれば、お上品なお嬢様の化けの皮が剝がれるぞ」

撫子はグッと踏みとどまり、伊吹の横で楚々と立つ体勢を保ち続ける。

「あ……あんたを呼ぶつもりなんかなかったわよ……。受付に預けるつもりだったんだから、連絡なんかしなくたっていいじゃない。……勝手に見つけて、勝手に下りてきたくせに、理由も聞かずに人を馬鹿にするもんじゃないわよ」

「呼ぶつもりはなかった、って……。じゃあ、なにしに来たんだ？」

「それは……」

口にしようとしたときエレベーターのドアが開く。伊吹が背に手を添えてきたので、撫子は言葉を止め彼のエスコートに従った。

ビルの上層階にあたる部分なのだろう。窓からチラリと見えた景色は、同じような高層ビルと空だけだった。

絨毯が敷かれた廊下は、まるでホテルのよう。エレベーターホールから左右にフロアが分かれており、撫子が促された反対側のフロアには人の気配があったが、こちら側は静かなものだった。

伊吹の執務室へ案内されているようなので、重役用のフロアらしい。

いかにもという重厚な外観の扉を開き、伊吹が撫子を中へ入れる。そこはとても広い部屋だった。立派な応接セットや大きなデスク。ここが伊吹の執務室、いわゆる副社長室であるようだ。

調度品《ちょうどひん》には高級感があり、室内は上品な雰囲気でまとまっている。伊吹のセンスなのか、はたまた秘書のセンスなのかはわからないが気取りを感じさせない。

「ほら、そっちのソファにでも座って……。撫子？」

ソファへと促されながらも、撫子は伊吹の手を離れデスクへと歩み寄った。

入室してすぐ、デスクの前に置かれた深めのフラワーポットが気になったのである。

そこには、白い花と赤い花の枝がたくさん挿されていた。白がほとんどで、赤は二枝ほど。撫子が花に近づくと、背後で伊吹が苦笑しているらしいことがわかった。

「やっぱりすぐに見つけてしまったか。本当は、金曜におまえの所に持っていくつもりだった……。今朝、予想よりも早く手に入ったから、ひとまずここに置いているんだ」

それは、ハナミズキの花だった。

「わたしに……、これを持ってくるつもりだったっていうの？」

「なんだ、不満か？　ああ、そうか。安心しろ。リクエストどおり、持っていくときはひらひらリボンで恥ずかしくなるほどかわいくラッピングしていってやる」

「そ、そんなこと言ってないわよっ」

振り向かないまま反抗する。いつもならばひと睨みするところだが、振り向けない理由があるのだった。

頬が熱い。おそらく、自分は真っ赤になっているのではないかと撫子は思う。

伊吹がこの花を撫子へ贈るつもりだったという言葉を聞いて、彼女はその花言葉を思い浮かべてしまった。伊吹のことだ。きっと、花言葉になんらかの意味を込めているのだろう。

花言葉を思いだした瞬間、まさかこんな反応を示してしまうとは。

――ハナミズキの花言葉は、〝私の想いを受け取ってください〟、なのだ。

「なに赤くなっているんだ、おまえ」

背後から伊吹に覗きこまれ、撫子はビクリと身体を震わせる。わずかに顔を向けただけで視線が絡み、動揺を誤魔化す間もなかった。

「おまえ、この花がなにかわかるか？」

「わ……わかるわよ……。ハナミズキでしょうっ」

「そうか。だとすれば、花言葉を思いだして照れたってところだな。この花はメディア的に大きく取り上げられたおかげで、花を見たことがなくても名前と花言葉だけは知ってるって輩も多いから」

目と鼻の先に伊吹の顔がある。顔を背けようとするのに、彼に見つめられると視線を外せなくなっている自分に気づいた。

——もしかしたら、そらしたくはないのではないか……。そんな考えが頭をよぎる。

「せっ、性格悪いわねっ。意味を知っているだろうと予想して花を選んだんでしょうっ。それでまた『空回《からまわ》りするおまえを見るのが面白い』とか言うつもりねっ」

「素直じゃないぞ。嬉しいくせに」

「うっ、うぬぼれないでよっ。ばかっ」

威勢《いせい》のよい言葉を出しはするが、瞳の中には伊吹が収まったままだ。撫子が目をそらさないせいか、伊吹もそらしてくれない。意地悪とは違う彼のしっとりとした瞳を見ていると、言葉の勢いもなくなってくる。

すると、背後から伸ばされた伊吹の手が、長く垂らされた撫子の髪を耳にかける。そしてそのまま耳の輪郭《りんかく》をなぞった。

未知の電流が走り、ゾクリとした。撫子が思わず肩をすくめると伊吹がクスリと笑う。

「耳、真っ赤だぞ。あの花みたいだ」

顔は向けたまま、彼の視線だけが撫子から外れる。視線の先には白いハナミズキがあるが、その中には赤い花が付いた枝も混じっているのだ。彼はこの枝のことを言っているのだろう。

「あれもハナミズキなの？　赤すぎない？　ピンク色なら見たことがあるけれど」

「一応ピンクなんだ。ピンクオーツカといって、名前にもピンクが強調されている。ただ

しビビアンピンクという色分けになっているから、赤に見えなくもないな。咲き始めは、限りなく赤に見えることが多い」

「……新品種？」

「ああ。強耐病性で花つきも良い。家庭用の苗木に適しているから、だいぶ普及してきたかな。オーソドックスな白いものと一緒に咲き誇る様は、春の陽に映えて美しいぞ」

視線を彼へと戻していた撫子は、楽しげに語る様子を見てドキリとする。花を想う、伊吹の深い愛情が伝わってきたような気がした。

すると再び耳を指でなぞられ、またもや身体が跳ねる。

「見惚れるな。イイ男だからって」

「うっ、自惚れるなって言ってるでしょうっ」

頭を振り伊吹の手をはねのけて、撫子は彼から離れる。デスクへ近づき、ハナミズキに顔を寄せた。

「綺麗に咲いているわ……。この新種も、春の花なの？」

「通常の開花期はハナミズキそのものと変わらない。来年の春になれば庭木や切り花として売られている物が見られるだろう。これは専属契約をしている花農家で咲いた物だ。思ったより綺麗な花をつけてくれた」

「いろいろとややこしい講釈をたれたいばかりに、開花期以外の花やら新品種やらばっかり集めて……。ご苦労なことね」

動揺を悟られたくないばかりに出てしまう憎まれ口。伊吹に感情を持っていかれそうで、それに任せていたなら間違いなくなにも言えなくなってしまう。

それは悔しい。

この縁談をなかったものとするため、撫子は伊吹の心を動かさなくてはならない。

伊吹に心動かされているのでは、逆になってしまう。

「それでも、……おまえは花が好きだろう？」

苦しい反抗に皮肉のひとつも言うかと思ったが、伊吹は撫子の横に立ち、白い花を愛《め》でるよう手を添えた。

「どんなに嫌な奴にもらった花でも、花に罪はない。花にあたるなど論外だ。そう言っていた。今まで俺が持っていった花も、おまえはすべて大切に扱ってくれた」

「それは……だって……」

「俺が贈って、おまえが心から喜んで受け取るのは花だけだろう？　いろいろな花を見て、おまえが喜ぶのならそれでいい。開花期以外でも、新品種でも、喜んでくれるならもっといろいろな花を見せてやりたいと、俺は思う」

深く落ち着いた声は、伊吹の真剣な眼差しと共に撫子の動きを奪う。

体温が上がる。心臓が喉から飛び出してきそうというのは、こういった感覚を言うのかもしれない。泣きたいくらい恥ずかしいのに、伊吹の視線から逃れられない。

「撫子」

彼の囁きに、撫子は完全に囚《とら》われる。彼女の肩を抱き寄せ、伊吹はふわりと抱擁《ほうよう》をした。

「ほら、正直に言ってみろ。俺に会いたくて来たんだろう？」

「……それは……」

「正直に言えたら、いつもの〝よくできました〟をしてやる。それとも、大人のキスのほうがいいか？　おまえ、気持ちよさそうな顔してくれるから、俺もキスのし甲斐がある」

「ばっ……」

いきなり襲ってきた強烈な羞恥心。撫子は慌ててバッグに手を入れて中を探った。

「ちっ、違うわよっ。もう、いい加減にしてっ！」

ネクタイを包んだ小風呂敷を掴み、それを伊吹の胸に押しつける。ついでに、「離せ」と言わんばかりに彼の胸を強く押した。

「こ、これを返しに来たのよっ。もうっ、自惚れないでってば！」

包みを受け取った伊吹の腕が離れる。彼が中を確認する様子を見ながら、撫子は聞かれる前に自分から説明をした。

「ネクタイ、返しに来ただけだからねっ。言っておくけど、ちゃんと洗ってあるから文句つけないでよね」

「洗った？　クリーニングじゃなさそうだし、家政婦にでもやらせたか。そういうときは『洗わせた』とか言うもんなんじゃないのか、お姫さん」

「馬鹿にしないでよ。わたしが洗ったんだから」

「おまえが？」

「なによ、できるわけがないとか言いたいんでしょう？　わたしだって、そのくらいはできる……」

撫子の言葉は途中で止まってしまう。伊吹が再び彼女の肩を抱き寄せ、今度は強く腕の中へ抱き入れたからだ。

「おまえは……、どうしてそんなことを……」

呟くような彼の声が、とても切なげに聞こえる。撫子は抵抗もできなかった。

「あまり俺を……困らせるな……」

言葉に反して、口調は困ってはいない。

嬉しそうなトーンを含んでいると感じてしまうのは気のせいなのだろうか。そんなことを考えると、撫子は困惑《こんわく》してしまう。

抱きしめられる感触が気持ちいい。なんとなく、いつもとは違う感覚に囚われる。屋敷へやってくるときの彼は、花束をかかえてくることで花の移り香に包まれている。だが今の彼からは、会社にいるせいなのか、いつもとは違う男らしい香りを感じてしまった。

同じ男性でも、兄などから感じるものとは違う、惹きつけられずにはいられない力強さを感じる、なにかがある。

（どうしよう……、力が抜ける……）

気持ちを強く持っていなくては、意識が離れていきそうだ。伊吹の態度にも困ってしまったが、自分に起こる反応も困りものだ。

「撫子」

伊吹の手が撫子の顎をさらう。すぐに唇が近づき、撫子はなんのためらいもなく瞼を閉じた。

彼の求めに、こんなにも素直な反応ができるようになるとは思わなかった。今回ばかりは伊吹からも「心得ている」などの冷やかしは発せられない。

自然に。必然であるかのように。ふたりの唇が近づいた。

――だが、ドアに響いたノックの音が、その動きを止めてしまったのである。

「失礼いたします、副社長。よろしいでしょうか」

入ってきたのは凛子だった。伊吹と撫子はノックの音が聞こえてすぐに身体を離したので、凛子からはふたりで花を見ていたようにしか見えてはいないだろう。

「申し訳ございません。早急に決裁いただきたいことがございます。一度、会議室へお越し願えますでしょうか」

緊急事態なのだろうか。やはり予定も聞かずに会社に来てしまったのはまずかったのかもしれない。撫子は、すぐにここを出ようと思い立つ。渡す物は渡せたのだから、目的は果たした。

「わかりました。すぐに行きます」

伊吹は口調を整えて返答をすると、撫子の両手をふわりと包み、彼女を見つめた。

「撫子さん、申し訳ありません。しばし、ここでお待ち願えませんか」

「ですが、お仕事が……」

「書類にサインするだけなので、それほど時間はかからないでしょう。次のアポまで時間があります。貴女をひとりで帰すことなどできません。私に送らせてください」

触れ合えなかった唇の歯痒《はがゆ》さを覚えているかのように、彼に包まれていた手が強く握られる。そこに伝わる熱が自分のものであるのか、それとも彼のものであるのか、判断がつかない。

頭の中では「余計なお世話よ」という言葉が浮かぶのに、心の中には嬉しさという感情が湧き上がってくる。身体は心に従《したが》い握られた手を振り払おうともせず、瞳は彼の眼差《まなざ》しを受け止め続けた。

「待っていていただけますね」

「はい……」

素直に返事をすることしかできない。撫子には、否定という単語が思いつかなかった。

伊吹が凛子に視線を移すと、彼女は「調整いたします」と口にする。次のアポまで時間はあっても、そこに入れるべき細かい仕事はあったに違いない。

「撫子さんにお茶を。加納さんは、ここで彼女のお相手をお願いします」

「承知いたしました。秘書課の者を補佐におつけいたしますか？」

「結構。さっさと片づけて戻りますよ」

元気に手を上げ、伊吹は副社長室を出ていく。「まあ」と呆れた苦笑いをする凛子の顔を見られたのは撫子だけだ。

「撫子さん、ソファへどうぞ。お茶の準備もせずに失礼いたしました。副社長も、今朝調達できたばかりのハナミズキを見せたくてしょうがなかったのでしょうね」

「いいえ、わたしが勝手に近づいたのです。とても綺麗に花をつけているので」

「そうでしたか。ですが、思ったとおりですわ。副社長は撫子さんがいらっしゃった途端に張り切り始めたようです。きっと早々に戻られることでしょう。それまで、僭越《せんえつ》ながらわたくしがお相手をさせていただきます」

「僭越だなんて……。とんでもありません」

凛子と話しながら、促されるまま応接セットへ足を進める。彼女の誘導は落ち着きがあり、とても丁寧だ。さすがは副社長秘書だと言ってしまえばそれまでだが、撫子はふと気になったことを口にした。

「あの……、失礼ですが、加納様は芸事をされていた経験がおありですか？」

「芸事、ですか？」

「先日お会いしましたときも思ったのですが、加納様はひとつひとつの所作《しょさ》がとても綺麗です。洋装でいらっしゃるのに、まるでお着物を着ているかのよう。もしかしたら、お茶や踊りなどの芸事をたしなまれていたことがあるのではありませんか。おそらく、幼い頃から」

習い覚えた礼儀作法《さほう》と、幼い頃からの習慣として身につけた作法とでは、内面から滲み出る雰囲気が違ってくる。それこそ生まれたときから風流な環境の中で育った撫子には、同類を嗅《か》ぎ分けるようにその違いがわかるのである。

凜子の雰囲気には、自分が慣れ親しんだ世界と同じ空気が漂っているように思えた

「おみそれいたしました。さすがは華道家元のお嬢様です。素晴らしく目が利《き》きますのね」

撫子をソファに腰掛けさせ、凜子は斜め前で直立すると、スッと腰を折り綺麗なお辞儀をした。

「わたくしの実家が、日本舞踊の大家、菱崎《ひしざき》流の分家なのです。わたくしも幼い頃は日舞《にちぶ》をたしなんでおりました。ただ、わたくしは踊りを極《きわ》めるより、こうして外の世界で働き回るほうが自分らしくいられるとわかり、踊りの道を捨ててしまいました。……と、言えば聞こえはよいのですが、早い話が踊りの才能がなかったので、諦《あきら》めたのです」

「菱崎様の分家……。そうですか、それで……」

「撫子さんと分野は違いますが、ご存知ですか？」

「もちろんですわ。家元には文化交流会でよくお目にかかります。家元には三人の娘さんがいらっしゃって、長女のお嬢様とは大学でご一緒させていただいておりました。とても快活で素敵なお嬢様で、お着物のセンスがとてもよく、パーティー用にコーディネートをお願いされるお友だちもいらしたくらい」

「まあ、そうでしたか。どこで繫がっているか分からないものですね。なんだか嬉しいで

すわ」

微笑む凛子は、実家のことを思いだしてくすぐったい気持ちになったのかもしれない。物静かな美人という印象が強い彼女だが、恥ずかしげに笑うと、とてもかわいらしく見えた。

年上の彼女にそんな笑顔を見せられてしまうと、撫子までくすぐったく感じる。

「なんとなく、加納様が大和様の秘書であるのがわかるような気がします。大和様は、頭がよくて気遣いのできる女性がお好《この》みのようなので、加納様は適任《てきにん》なのでしょうね。」

「頭がよくて気遣い上手なのは、撫子さんではありませんか?」

「いいえ、わたしなど……。気が利かなくて、いつも大和様を失笑させております。加納様のように、砕けた中にも礼儀と思いやりのある、気のきいた会話もできません。……加納様が、羨《うらや》ましいくらいです……」

その言葉を口に出してしまってから、撫子自身が驚き言葉を失った。

(羨ましい……?)

しかもその言葉は、奥ゆかしい自分を繕うために出たものではない。

撫子は、本当に凛子を羨ましいと思ったのである。

伊吹と打ち解け合って話し、彼に信用され、いつも傍にいる。秘書の彼女を。

羨ましい、と……。

「羨ましいだなんて、もったいない。副社長はあのとおり気取らない気さくな方ですから、かえって精神的に助けられているのはわたくしのほうです」

撫子の戸惑いをよそに、凛子は笑顔で話を進める。

今までになく饒舌《じょうぜつ》になっているように感じるのは、撫子との間に共通点が見えて喜んでいるからのようにも思えた。

「秘書に抜擢《ばってき》いただいたときは、ただ驚くばかりで緊張をしていたのですよ。副社長のお心遣いがあったからこそ乗り切れたようなものです。仕事に真面目で、常に新しい情報収集に余念《よねん》がなく勉強熱心な方です。副社長のお世話をすることができて、本当に光栄ですわ」

「大和様は、よく加納様に叱られるとおっしゃっていました。勉強不足だ、と」

伊吹を心から慕《した》い称賛する秘書。誠実な部下に感心しつつも、撫子からは告げ口のような言葉が出てしまう。

「まあ、わたくしを悪者にしていらっしゃるのですね」

凛子はおどけて怒ったふりをし、小さな笑い声をたてた。

「わたくしのほうが、副社長にいろいろと教えていただくことが多いのですよ。ですが、やはり副社長にはまだまだ勉強して大きな存在になっていただきたいと思いますわ。この会社のためにも」

「そうですね……」

利那、自分の告げ口を後悔する。

冗談で口にしたというのならば気にすることもないのだが、撫子はかすかに湧き上がっていた苛立ちからその言葉を出してしまったのだった。

凜子が、ボスである伊吹に向ける想い。彼を慕う気持ちが、そして、ふたりがいかに信頼し合っているかが、痛いほど伝わってくる。

痛い。……撫子は、痛い、のだ。

凜子が伊吹を褒め称えれば称えるほど、胸が痛くなる。

そして、そこに混じる苛立ち。——これは、なんだろう。

礼儀正しく、淑《しと》やかで、気遣いができる頭のよい秘書。伊吹の要求を漏《も》らさず読み、常に彼の要望に応《こた》えられる、完璧な女性。

撫子の頭の中に、伊吹と交わした約束が思いだされる。

——俺がベッドに引っ張りこみたくなるような大和撫子に……。

ズキン、と……、胸を刺し貫かれたかのような痛みが走った。

(……この条件って……)

この条件をクリアしているのは、凜子なのではないか。

彼女こそ、伊吹が条件とした、彼好みの大和撫子、ではないのか。

「長話をしてしまい、申し訳ありませんでした。すぐにお茶をお持ちいたしますね。ジュースのほうがよろしいですか?」

話しすぎてしまった自分を恥じるようにはにかみ、凜子は撫子に微笑みかける。とても綺麗な、楚々とした大人の女性を感じさせる微笑。

それを向けられるのが、なぜかとても辛い。

撫子は思わず立ち上がった。

「あの……、申し訳ありません。わたし、やはりおいとまいたします。お仕事の妨《さまた》げになってしまいそうですし、連絡もなく訪ねるなど、大変不作法《ぶさほう》なことをしてしまいました」

凛子は驚いた表情を見せていたが、撫子は頭を下げドアのほうへと歩き出す。急いでそのあとを追ってきた凛子は、撫子よりも早くドアに手をかけた。

「お待ちください、撫子さん。今、副社長に連絡を入れますので」

「いいえ。それではお仕事の邪魔になってしまいますから……」

「副社長は、貴女に待っていてほしいとおっしゃいました。あの方は、私用のために仕事をおろそかにするような方ではありません。滞りなく終わらせて早々に戻ってくる自信があったからこそ、貴女に待っていてほしいとおっしゃったのですわ。撫子さんが待っていたからとて妨げになどなりません。ですから、今しばらく……」

「帰ります！　放っておいて！」

つい声を荒らげてしまってから、撫子はハッと我に返る。外では猫を被り、自分を繕い続ける彼女にはあってはならない態度。

今までどんなに腹に据えかねることがあろうと、繕った自分を見せておかなくてはならない人間に、こんな態度を見せたことなどない。

凛子はさぞ驚いていることだろう。気まずさを覚えながらも、撫子はおそるおそる凛子のほうを振り返る。いきなりヒステリーのような声を出してしまった自分を、彼女は呆れて見ているのではないだろうか。そう考えると羞恥が湧き上がってきた。

「承知いたしました」

だが凛子は、穏やかな口調で頭を下げたのである。

「差し出がましいことを申し上げてしまいました。申し訳ありません。すぐにタクシーを回します。お見送りはさせてください」

落ち着いた微笑みと、取り乱すことのない、大人の対応だった。

撫子は凛子の顔を見ることができず、顔を背けた。

「副社長には、わたくしから説明をいたしますので、ご心配なく」

副社長室を出て、エレベーターホールへと向かう。凛子の顔を見られないままの撫子に、彼女はどこまでも優しく誠実だった。

言われなくとも心配はしていない。おそらく凛子は、信じられないくらい平和的に、撫子が帰ってしまった理由を伊吹に話すだろう。

彼女には、それができるのだから。

移動しながら、凛子がスマホでタクシーの手配をする。ふたりがビルから前庭へ出たとき、ちょうど近場で待機していた車がビルの前へ到着した。

「加納様……」

タクシーに乗りこむ前、撫子は凛子に声をかける。やっと彼女が口を開いてくれたので安心したのだろう、凛子は笑顔で身を乗り出した。

「……加納様は……、キ……唇を合わせる際、すぐに目を閉じるほうですか？」

突拍子《とっぴょうし》もない質問だ。キスという言葉が口にできないせいで、わかりづらい言い回しになってしまったが、凛子には通じたらしい。

さすがに彼女も一瞬戸惑うが、すぐに快《こころよ》く答えてくれた。

「そうですね。いつまでも目を開けたままでは、睨みつけているかのようでお相手の方にも失礼ですし。自然に閉じてしまうものなのではないかと存じます」

彼女の言葉を聞いて、副社長室で伊吹とくちづけをかわしかけたことを思いだした。あのときの自分は、とても自然に瞼を閉じていたように思う。

「おかしなことをお尋ねしてしまい、申し訳ありません」

「いいえ。わたくしの答えでよかったかどうか……」

撫子は無言のままタクシーへ乗りこむ。すぐに車は走り出したが、撫子はうつむいたまま顔を上げることができなかった。

顔を上げたら、笑い出してしまいそうだ。――あまりにも自分が、情けなくて……。

伊吹が認める、大和撫子。

それはすでに、彼の傍にいた。

凛子こそが、彼が認める女性なのではないか。キスをするときの彼の好みにまで彼女はピッタリだ。

伊吹が撫子に求めたのは、凛子のような女性像ではないのか。「俺がベッドに引っ張りこみたくなるような……」は、漠然《ばくぜん》とした好みを述《の》べただけではない。そこには、ハッキリとした実例があった。

彼の好みどおりになれば、この縁談は破談にしてもらえる。それを望んでいるからこそ、伊吹の要望に応え、彼が求める大和撫子になろうとした。

だが今、それを嫌がる自分が存在を主張し始めている。

縁談が破談になれば、伊吹は自分の理想をすべてクリアしている凛子に手を差し伸べるのかもしれない。

秘書という立場ではあれど、彼女は日本舞踊大家の分家の娘だ。世間体的に悪いものではない。

自分の胸に湧き上がる感情が、とても醜《みにく》いものに思える。

凛子の穏やかな大人の対応、淑やかな女性としての立ち居振る舞いに触れて、撫子の中に湧き上がった感情。それは、嫉妬《しっと》だった。

伊吹に気に入った女性がいるという事実が気に入らないのなら、苛立つならば、憤りを感じるならば、破談にしなければいい。一ヶ月という期限以内に、伊吹の希望どおりの大和撫子になどならなければいい。

そうすれば……。

見合いの当初には思いもしなかった。

まさか自分が、この縁談を破談にしたくないなどと思うようになるとは。


その日、夜の二十一時もすぎた頃。部屋にいた撫子に柊都が届け物を持ってきた。

「大和さんの秘書だという女性が持ってきてくれたんだよ。綺麗な人だったね。年齢を尋ねたら僕の三つ下だって。大和さんをやり込める秘書、って、彼女なんだね」

兄が特定の女性の容姿を褒めたり、あまつさえ年齢を聞くなどというのは、まずないことだ。彼女の淑やかさはこの兄までをも惹きつけたというのだろうか。

届けられたのは、小さな桃色の小箱。兄が出ていきひとりになってから、撫子は箱を開けた。

そこには、撫子がネクタイを包んでいった小風呂式が綺麗にたたまれて入っていた。添えられたカードには、伊吹の字で金曜日にお会いできるのを楽しみにしておりますと書かれている。

そしてその箱には、白と赤のハナミズキの小枝がレースのリボンを巻かれて添えられていた。

ハナミズキの花言葉を思いだし、撫子の瞳からぽろりと涙がこぼれ落ちる。

――私の想いを受け取ってください。

なにを受け取れというのだろう。伊吹のそばには、理想どおりの女性がいるというのに。

ハナミズキを見つめたまま、撫子の涙が止まらない。

この涙を止めるために、伊吹の姿を心から消すために、初恋の少年を思いだそうとした。

なのに、思い浮かぶのは花束を持って微笑む伊吹の姿ばかり。

こんな自分を、どうしたらいい……。

いつの間にか、彼好みの大和撫子になるという希望が揺らぎ始めている。

彼に、初恋の少年を思いだせなくなるほど心を持っていかれていた……。

やっと気づいた、この事実を――。

第六章　純粋な愛　ナデシコ

「もうそろそろ、答えが出る時期かな？」

父の声で、撫子はハッと我《われ》に返る。手から取り落としかけていたユリのつぼみを持ち直すが、知らぬうちに葉を除きすぎていたことに気づいた。

「お父……家元、なにか？」

慌てて言い直してしまったのは、ここが家元専用の作業室であり、撫子は仕事としてこの部屋にいるからである。

家元が個人的に懇意にしている大学教授の講演会があり、その会場を彩るべき生け花の、ふたつのうちひとつを撫子が任された。

撫子もよく知っている人物で、幼い頃はかわいがってもらった。そんな縁もあって、本来ならば副家元が担当すべき仕事が彼女に回ってきたのである。

しかし、撫子はその作業に集中できないでいた。

家元に接する態度で姿勢を改めた撫子だったが、斜め前に座る寿光は、ふっと父親の顔を見せた。

「伊吹君との縁談をどうするのか、そろそろ答えが出る時期なのではないのかと聞いたのだよ。心の準備をしたいから結納を延期するなどというのは、早い話、撫子が縁談に納得をしていないという意味だろうからね」

「あ……」

撫子の気性を知っている父はすべてお見通しである。おまけに撫子は、伊吹の名を聞いただけで鼓動が速くなり頬が染まってしまった。そんな自分に戸惑わずにはいられない。

伊吹が期限とした一ヶ月間。今週末が四週間目にあたるということは、そろそろ最終的な結論を出さなくてはいけない時期だ。

「まったく集中ができていないようだ。バランスに迷いが見える。切り損じなどで、さっきからミスばかり。ユリ、サザンカ、ケイトウ。花はよい物ばかりなのに台無しだ」

油断をしているうちに家元としての厳しい声がかかる。撫子は膝をひとつ引き、手を突いて頭を下げた。

「申し訳ありません。家元」

「こんな調和のない花を作られては、東海林流が笑い物にされるだけだ。やはり、この役は副家元に任せよう。呼んできなさい」

「はい……」

仕方がない。父は家元として間違ったことは言っていない。撫子は素直に返事をし、花材を片づけ始めた。

「気分が落ち着かないのなら、部屋へこもって今夜の用意でもしているといい」

「え？」

顔を上げ、再び撫子の視界に入った寿光は、父親の顔に戻っている。

「今日は金曜日だ。伊吹君が来ると言っていた日ではないか。撫子が落ち着かないのも無理はない」

「そんな、あの……お父様……」

「誤魔化さなくともよい。つぼみが開く花のように、美しく咲き始めた〝華《はな》〟の様子に私が気づけないとでも思うのか。自分の娘ならば、なおさらだ」

家元の叱責で一度は収まりかかった頬の熱がぶりかえす。同時に、先日久子に言われたことを思いだした。

伊吹との縁談があってから、撫子の雰囲気が変わったという指摘である。

「今夜は、撫子の部屋へ通してさしあげたらどうだい？　きっと喜ぶよ」

「そんな……、男性を部屋になんて……」

「私や柊都のように、おまえにとって特別な人間ならばよいのではないのかい？」

撫子は言葉が出ない。本当に、彼ならばよいと思ってしまっている自分を感じる。

「だから、部屋の掃除でもしているといい。まあ、撫子の部屋はいつも綺麗だから、さして時間などかからないだろう。花も飾って、お出しするお菓子を撫子が選んで買ってくるというのもいいのではないか。伊吹君の好みも、だいぶわかっただろう？」

かった。


「お父様……」

寿光はこれを提案するため、撫子をお役目から降ろしたのだろう。活けてあげられなかった花たちを腕にかかえて立ち上がると、撫子はちょっと照れくさそうに頭を下げた。柊都を呼んでこなくてはならない。速足で部屋を出ようとしたとき、再び父の声がかかった。

「どんな結果になるのかは誰にもわからない。けれど、撫子が最良だと思える結論を出しなさい。おまえがやはり断りたいというのなら、そうしてもよい」

足が止まる。どういうことだろう。破談にしたがっているのは撫子だけで、大和家側も、撫子の母や柊都、もちろん父も、この縁談をまとめたがっているのではなかったのか。

なんといっても、これは、いわば政略《せいりゃく》結婚だ。

伊吹だって、家元は快諾済みだと言っていた。

「この縁談話が出たとき、一番張り切っていたのは伊吹君なのだよ」

「えっ⁉」

撫子は思わず振り返る。縁談を決めた場に伊吹がいたというのは初耳《はつみみ》である。彼は、彼の親が決めたことに従ったのではなかったのだろうか。

「実は、父さんはあまり乗り気ではなかった。撫子は学校を卒業したばかりだし。華道家としての腕もよい。これからこの東海林流を柊都と共に盛り上げていける娘だ。――それ以前に、かわいい娘を、なぜ二十三歳程度で嫁にやりたいものか」

とても納得ができる言い分だった。たしかに撫子は兄に猫かわいがりされていたが、寿光もそれ以上にかわいがってくれた。兄が生まれてから、九年目に生まれた女の子。かわいくないはずがない。

それを証拠づけるように、伊吹には「お姫さん」とからかわれてしまう。周囲から見ても、大切にされていることは明白《めいはく》なのだった。

家のため、家族のため、そう考えれば仕方がない。だがこの歳で今すぐに娘を政略結婚のために差し出さなければならないほど、東海林家が逼迫《ひっぱく》しているわけでもない。

「ぜひよろしくお願いいたしますと、伊吹君に頭を下げられた。この話がとても嬉しいと言っていたよ。撫子は、この話がくる以前に伊吹君に会ったことがあるのかい？」

「いいえ……。お見合いの席が、初めてです……」

その前にひと騒動ありはしたが、縁談の相談がされたのはもっと前だろう。過去、伊吹のような男に会った覚えはない。

「彼はね、『やっと彼女に会える』と、とても嬉しそうだったんだ。そんな様子を見せられては、私も無下に断ることなどできなかった。なんだろう。展示会か、なにかイベントで撫子を見かけたのだろうか」

「そうですね……」

撫子は曖昧《あいまい》な返事を返し、部屋を出た。

父の話が間違いないのなら、伊吹は以前から撫子を知っていたということになる。しかも、彼女との縁談を喜んでいたというのはどういうことだろう。

「どうして……」

抑えきれない疑問が口をついて出る。

なぜ彼は、破談の条件などを出したのだろう。会社のための縁談だと言って撫子を言いくるめたあの言葉は、嘘だったのだろうか。

彼が求める大和撫子はすぐ傍にいるのに、撫子に同じような女性になることを望んだ。そうすれば、破談にしてやると。

彼は本当にこの縁談がまとまることを望んでいるのだろうか。もしや本当にイベントかなにかで撫子を見て、気持ちをかけてくれていたということなのだろうか。

わからない。

伊吹がなにを考えているのか、まったくわからない。

だが、わかることがひとつある。

撫子自身が、この縁談を破談にしたくはないと思い始めていることだ。

彼が認める大和撫子になれば、破談になってしまう。ならば……ならなければよい。

彼の好みどおりになど、ならなければよいだけだ……。


好みどおりにはならない。

つまり、伊吹がイヤがることをすればいい。彼が嫌う行為。たとえば、約束を破るなどの……。

「だからって……、これはなかったかなぁ……」

ため息をつき、撫子はのろりのろりと足を進める。

中央駅に隣接した、大きな駅前公園。時間的に会社帰りのサラリーマンやＯＬ、そして、寄り添って歩く男女などが横を通っていく。

そんななか、撫子はひとり、ベンチの中央にちょこんと腰かけ、夜空を仰いだ。

「怒ってるかな……。怒ってるよね、きっと」

帯の間から投げ込み時計を取り出し、時間を確認する。ちょうど二十時だ。

伊吹は十九時三十分に来ると言っていた。撫子が屋敷にいないとわかって、どんな顔をして帰ったのだろう。

撫子が屋敷を出たのは十九時だった。久子にタクシーを手配してもらい、裏口からコッソリと出てきたのだった。

伊吹が訪ねてくれば、柊都か母が出迎えのために撫子を呼びに部屋まで来るだろう。そうすれば、部屋に残した書き置きに気づいてくれる。

そこには、急用ができたので出かけてきますとしか書いてはいない。ハッキリとした日時を指定されていながら、詳しい理由も伝えず姿を消すという無礼《ぶれい》。

伊吹は怒るだろう。常識がないと。

「ペナルティ、だよね……」

少なくとも、彼好みの大和撫子がするべきことではない。この行為は間違いなく減点行為である。

——じゃじゃ馬は気まぐれでどうしようもないな。

そう言う伊吹の姿が想像できてしまう。

「悪かったわね……」

ポツリと呟き、視線を足元へ落とす。間違いなく伊吹に呆れられ皮肉を投げられることがわかるのに、苛立ちがまったく生まれない。

それどころか、撫子の口元には笑みが浮かんでいた。こんな姑息《こそく》な行動をとってしまった自分に対しての自嘲だった。

政略結婚など冗談じゃない。それも、伊吹のような失礼で最悪な男なんか。自分の理想は、初恋の少年のように花を慈しんでくれる優しい人だ。そんな我儘から、断固縁談には拒否の姿勢をとった。

伊吹が認める彼好みの大和撫子になって、伊吹などに情けをかけられなくても、女性として生きていく道はいくらでもあるのだと証明することができれば、この話は破談にしてもらえる。

そう思っていたからこそ、彼の要求や言いつけに従った。

正直に謝り、非を認め、素直になることを覚えさせられ、そして、いろいろなキスに慣らされた。

最初は抵抗感しか生まなかったそれらが、気がつけばまったくイヤではなくなってい る。それどころか、ネクタイの一件のように、自分の行動を褒めてもらえることがとても嬉しく感じるようにまでなっていた。

撫子がとった今回の行動は、破談になって彼との縁が切れてしまうことを恐れ、わざと彼が眉をひそめる行動に出てしまったもの。いたって子どもっぽく単純な行動で、我ながら情けない。

自然と大きなため息が漏れる。次に大きく息を吸いこむと、予想外に冷たい外気を感じ、思わずふるりと身震いした。

十一月ともなれば夜は寒い。それなのに、コートどころかショールも羽織《はお》ってはこなかった。

「この時期の夜って、こんなに寒いんだ……」

知らなかった。

着物を着る生活は長くても、寒い夜にひとりで外を歩くことなどない。夜の外出には車を使う。そしてそんなときは、必ず誰かが一緒にいる。撫子が寒さを感じないよう、気遣ってくれる者が。

「……これだから、あいつに『お姫さん』なんて言われちゃうんだなあ……」

考えれば考えるほど、自分が情けない。

自由に、我儘に育ち、外面を繕って、好き勝手をしてきた。そんな自分がどれほど世間《せけん》知らずであったたか、伊吹に関わったこの一ヶ月間で思い知らされたような気がする。彼のことだ、今回の撫子がとった行動に対して意見するため、明日にでも再びやってくるに違いない。

撫子に、自分が悪かったと認めさせ、きっと、こういうのだろう。

『撫子、ごめんなさい、は？』

その表情や声までもが想像できてしまう。撫子を見下《みくだ》す彼の態度に腹を立てながらも、撫子は言われたとおりにしてしまうに違いない。

ごめんなさい、と。

すっかり伊吹に躾けられてしまっている。

クスリと笑って息を吐く。再び、冷たい空気を感じた身体がブルッと震えた。

このままでは、冗談ではなく本当に風邪をひいてしまう。もう屋敷へ戻ったほうがいい。幸いここは駅前だから、タクシーならすぐに拾えるだろう。

撫子が立ち上がろうとしたとき、彼女が座っているベンチの両側に人が座った。

「あー、やっぱりあのときの彼女だ」

「着物を着た若い女がいるから、そうじゃないかと思った」

耳障りに感じる軽薄な声。このテの人間に知人はいない。だが撫子は、どちらの声にも聞き覚えがあった。

顔を上げる前に、ニヤけた顔が両側から彼女を覗きこむ。つり目の男と、赤いピアスの男。

ふたりは一ヶ月前、和食割烹店で撫子に絡み、伊吹に追い払われた男たちだった。

「元気ないねー。どうしたの？」

「今日もひとり？　飲みに行かないの？」

偶然とはいえ、まさかこんな場所で再会してしまうとは。改めて伊吹の言葉が身に沁《し》みる。着物姿の若い娘は、ひとりでいればこういった手合いに目をつけられやすいのだから、少し考えろと。

またもやマイナスポイントが増えてしまった気分である。それでも撫子はふんっと鼻白むと、両手で膝を叩いて立ち上がった。

「お生憎《あいにく》様。これから帰るのよ。あんたたちみたいなのにつきあっている暇なんかないわ」

「そーそー、それなんだよなーぁ」

すると、いきなり赤ピアスが着物の袖を掴んだ。

「そうやって、上から目線っていうか、偉そうにお高くとまってよぉ。生意気なんだよなー」

「な……」

「そういうとこがなきゃ、あんた、かーわいい顔してんのに。惜しいよなぁ」

袖を掴んだまま、赤ピアスも立ち上がる。掴んだ手に力をかけられ、撫子の身体はバランスを崩して横へ傾いだ。すると、反対側の腕をつり目の男が摑む。おかげで転倒はしなかったが、両側から捕まえられているこの体勢は非常にまずい。

つり目の手が撫子の顎を摑む。無理やり顔を向けさせられるが、あまりにもそのやりかたが乱暴で顎が痛い。

「まったくさ、こんなかわいい顔して威勢《いせい》よすぎなんだよな。でも、こういった強気な顔した女って『ごめんなさい』って泣かせたくなるよな」

「ヒイヒイ言わせたいの間違いだろぉ」

男ふたりがイヤな笑い声を上げるなか、その意味はよくわからなくとも、これが女性にとってはあまり歓迎できない状況であることだけはわかる。

撫子は、目の前のつり目をキッと睨みつけた。

「なに言ってんのかわかんないわ。その失礼な手を離して。意思疎通《そつう》のできない低レベルな人間に、興味はないわ」

へらへらと笑っていた顔が、みるみるうちに紅潮《こうちょう》する。相棒を貶されて本人より先に腹をたてた赤ピアスが、「この女！」と声を荒らげた。

だが、ここで引くような撫子ではない。彼女はその瞬間、大きな叫び声をあげたのだった。

「いやぁっ！　離してくださいっ！　おまわりさーんっ!!」

場所的に交番も近くにある。誰かに助けてもらおうとの気持ちがあったわけではなく、この声で男たちが怯んでくれればいいくらいの考えだった。

案の定、叫び声をあげられて男たちの手の力が緩む。撫子はそれを利用して手を振り払い、この場から立ち去ろうと足を速めた。

しかし彼女は着物姿。どんなに急いでもたかが知れている。すぐに追ってきた赤ピアスに捕まりそうになった。

「驚かせやがって！　このっ……！」

思わず身体を引くが、間に合わない。着物の袖どころか胸元を掴まれそうになる。

そのとき……。

「彼女を掴んだ、行儀の悪い手はこれか？」

重く静かな声と共に、赤ピアスの腕が掴まれ、そのまま背中へとねじり上げられた。

「まったく、どれだけ痛い目に遭ってもわからない腕だ。こんな不出来な腕は、いっそ折ってしまおうか」

そう言いながら男を睨みつけたのは、伊吹だったのである。

撫子は驚いて目を見開いた。まさかここに彼が現れるとは、思いもよらなかった。

「て……てめっ、このあいだの……」

「ほう？　覚えていたのか。馬鹿でも記憶力はあるようだ。まあ、こんなイイ男、忘れろったって無理か。惚れるなよ」

「ふっ、ふざけんなっ、このっ……！」

反抗はするが、ひねり上げられた腕が痛むらしく、男は動くことができない。相棒がやり込められている姿を前に、つり目は手を出すことができずにいた。怖《お》じ気づいたその様は、まるで一ヶ月前の出来事の再現のよう。

「残念ながら俺は、予約済みだからな」

伊吹が口角を上げて撫子を見る。高慢でふてぶてしい態度であるはずなのに、なぜか嫌な気持ちにはならなかった。

同じような状況であっても、一ヶ月前とは違う。ふたりの間には、間違いなく違う空気が通っている。

そのとき、どこからか「おまわりさん、あそこです！」という声が聞こえてきた。おそらく通行人の誰かが、この騒ぎを知らせるため交番へ駆けこんだのだろう。

すると伊吹は赤ピアスの手を離し、いきなり撫子を横向きに抱き上げた。

「逃げるぞ。撫子！」

「えっ……ええっ……⁉」

動揺してしまったのは、逃げるという言葉にではない。いきなり姫抱きにされてしまったことに対してだった。

しかも彼が急いで抱き上げたせいで、撫子の着物の裾はめくれ、襦袢が見えかかっている。恥ずかしいにもほどがある。

「ちょっ……離してっ。自分で歩くからっ」

「バーカ、このほうが早いんだよ。おまえの亀《かめ》みたいな走りにつきあってられるか。警官に捕まったら、事情を聞かれてしばらく帰れないぞ。だから逃げる」

「だからってぇっ」

暴れようにも暴れられない。そんなことをすれば襦袢《じゅばん》までもがめくれ、足が丸見えになってしまう。

これが俗にいう、お姫様抱っこ、というものか。こんなものは、お伽噺《とぎばなし》の挿絵《さしえ》か外国映画のワンシーンにしかないと思っていたが、まさか自分がされることになるとは。

動揺のあまり、その夢のような行為に没頭《ぼっとう》することもできない。公園横の通路に伊吹の車が停まっている。撫子はすぐに助手席へ放りこまれてしまった。

ドアが閉められてから伊吹が運転席へ乗りこんでくるまでの間に、慌てて乱れた足元から前身ごろを直す。着崩れをしたようで、わずかに裾がずれていた。

屋敷へ帰ったとき誰かに着崩れを指摘されるのではないだろうか。そう思うと妙に恥ずかしい。

運転席に座った伊吹が、すぐにシートベルトを引く。撫子も合わせてベルトを引いた。

そこでふと気づく。なんの調節をしなくとも、シートはとても座りやすく撫子を歓迎してくれている。もしや伊吹が、前もってシートを調節しておいてくれたのではないか。

家を出ていった撫子を見つけて、絶対にここへ乗せるつもりで……。

「あ……、ねぇ、どこへ行くの？」

車が走り出してからすぐに問いかける。伊吹は前を見たまま答えた。

「ひとまずはここから離れる。どこか行きたい所でもあったか？　急用とやらは済んだのか？」

「あ……、それは……」

「済んだもへったくれもないいな。急用なんてどうせ嘘だろう。ったく、くだらない逃げかたをしてくれる。じゃじゃ馬は気まぐれでどうしようもないな」

考えていたとおりの言葉が投げかけられた。褒められたわけではないのに、撫子は彼が予想どおりの言葉を言ったことに嬉しさを感じてしまった。

それでも、「そんなことはない、本当に急用があった」と言って意地を張ってみようかなどと悪戯心が湧く。

「自分の立場に責任を持たなくてはならない者として育ってきたおまえが、いくら急用とはいえ明らかな理由も伝えないまま約束を反故《ほご》にするとは思えない。たとえそれが、気に入らない俺との約束であろうとも、だ。じゃじゃ馬で無鉄砲だが、おまえは責任感をしっかりと持っている。……となれば、今回のことは気まぐれを起こしたとしか思えない」

わずかに動いた悪戯心は、伊吹の意見を聞いてなりを潜める。撫子の立場を理解してくれている伊吹の言葉に、こんな行動をとってしまった自分に対する後悔の念が湧き上がる。

言葉が出ない。少し前ならば、「ずいぶんと褒めてくれるじゃないの。気持ち悪い」とでも言えただろう。

「副家元も誰も、おまえが出かけたのを知らないという。だとしたら、家元のお嬢様ともあろう令嬢にネクタイの洗い方なんぞ教えてくれるような、仲のよい家政婦に手引きをしてもらったとしか考えられない。久子という家政婦に、おまえを屋敷から出すために手配したというタクシー会社の名前をこっそりと教えてもらった。そのうえで、おまえを乗せた運転手にどこで降ろしたのかを聞いたんだ。家族に断りもなしに家を出たのだし、どうせすぐに戻るつもりだろうから、そんなに遠くに移動してはいないと思って駆けつけてみたら……。案《あん》の定《じょう》だ……」

怒って帰るどころではない。伊吹はいなくなった撫子を探しに来てくれたのだった。

無言になったふたりを乗せて、車は走り続ける。いったいどこへ向かっているのだろう。このまま東海林家へ帰るのだろうか。

どこへ行くのかも気になるが、もっと気になることがある。撫子はおそるおそる問いかけてみた。

「あのさ、ペナルティ、だよね？」

「ん？」

「だから、理由も伝えないで姿を消した、……というか、いなくなったから」

「ほう？　つまりは、おまえ、自分が悪いことをしたっていう自覚はあるんだな」

「……まあ……、少しは……」

「わかった」

納得した様子を見せ、伊吹はまた黙ってしまった。怒濤《どとう》のお説教が始まるのではないかと一瞬覚悟したのだが、少々拍子抜けである。

「あのさ……、怒らないの？」

「怒るぞ。怒って欲しいからこんなことをしたんだろう？　ついでにおまえの言い訳、みっちり聞いてやる」

「怒って欲しいとか……、あんた、わたしをなんだと……」

「構って欲しいから、わざと悪戯して注意を引こうとする子ども」

撫子はまたもや言葉が出ない。なんということだろう。反論できない事実ばかりを突きつけられてしまう。

車は賑やかな通りを抜け、車の少ない裏通りへ入る。しばらくすると、繁華街《はんかがい》とは種類の違うネオンがきらめき始めた。

彼は言い訳を聞いてやると言っていたが、いったいどこへ行くつもりなのだろう。

「ねえ、どこへ行くの？」

「絶対に邪魔が入らなくて、絶対におまえが逃げられない場所だ」

「どこよ、その監獄《かんごく》みたいな場所は」

「場合によっちゃ、おまえにとって監獄よりも恥ずかしい場所かもな。ついでに、誰の目もないから着物の着崩れも直せる。安心しろ」

撫子が着崩れを気にしていたことに、伊吹は気づいていたようだ。さりげない気遣いを感じて、鼓動がとくんっと自己主張をする。

伊吹の横顔に気を取られていたので気がつかなかったが、彼はなにか建物の駐車場らしきところへ入ったようだった。

狭《せま》いガレージに車を入れ、エンジンを停める。

「降りるぞ」

「え？」

どこへ着いたのかもわからず、きょろきょろと左右を見る。薄暗い灯《あか》りだけが頼りのガレージ。個人の家なのだろうか。

すると、なんの操作をした気配もないのにシャッターが下り始めた。不可解に感じているると先に運転席を下りた伊吹が助手席のドアを開け、撫子の手を取る。

「ほら、足元、気をつけろよ」

「あの……、ここ、どこ？　誰かの家？」

「そんなところで話ができるか。ただのラブホテルだ」

「ああそう、ただの……」

咄嗟に話を合わせようとするが、すぐにその単語の特別な響きに気づいた。

（らっ……ラブ……ほ……て……ってぇっ⁉）

心の中で、その単語を繰り返してみるのも恥ずかしい。

撫子が固まってしまったのを見て、伊吹はしょうがないとでも言いたげにため息をつく。

「ここなら、おまえは絶対に逃げられないし、喧嘩になって大声を出しても誰もこない。ついでに着崩れも遠慮なく直せる。ゆえに、非常に都合がいい」

そして微動《びどう》だにしない撫子を見て、またもやいきなり姫抱きにした。

「利用時間を延長《えんちょう》するつもりはないから、時間内に俺が納得をする言い訳をしろ。いいな」

「いっ……い……いくないっ！」

一気に顔が熱くなった。それどころか鼓動が急速に速くなり、全身が熱い。

こんな場所、恥ずかしいにもほどがある。たしかに撫子は逃げられないし、ふたりきりで話せる場所ではある。伊吹が言うように、大声を出し喧嘩になっても邪魔は入らないのだろう。

だからといってラブホテルとはなにごとか。本来ここは、男女が情交《じょうこう》をかわす場所ではないか。入ったことがないので詳しいこともわからないが、撫子にだってそのくらいの知識はある。

伊吹は撫子を姫抱きしたままガレージのドアを出る。すぐ目の前にあったドアから中に入ると、背後で自動ロックらしいガチャリという音が響いた。

まるで、本当に監獄にでも入った気分だ。

気崩れを気にすることも忘れ、撫子は足をバタバタと動かし両手で伊吹の胸を叩いた。

「おっ、下ろしてっ！　離してよ！　おっ……大声出すわよっ!!」

出入り口から部屋へ入るには二階へ上がるようになっているらしく、目の前には階段が続いている。まだ部屋へ入ったわけではない。さっきの公園のように、大声を出せばホテルの関係者が異変に気づいてくれるのではないか。

撫子はそんな都合のよい考えを持ってしまったが、階段をのぼりはじめた伊吹は一笑《いっしょう》に付《ふ》した。

「おーっ、いいぞ、いいぞ。出してもいいぞ。そういうプレイなんだって思われるだけだしな」

「そっ、そういうプ……。なによ、それ！」

口にするのも恥ずかしい単語ばかりが出てくる。撫子の動揺は強くなるばかり。

すると、笑っていた伊吹が急に眉を寄せて撫子を見据えた。

「大人しくしないと、着物ごと湯を張ったバスタブに放りこむぞ」

撫子の口がぴったりと閉じる。そこまでされてしまっては、話を聞くだけどころか帰れなくなってしまうではないか。

唇を真一文字に結んでしまった彼女を見て、伊吹は苦笑いを漏らす。そして、チラリと視線を足へ向けた。

「おまえ、本当に綺麗な足をしてるな。今すぐ隠さないと撫でまわすぞ」

「このっ、エロ男っ！」

暴れたせいで、両足が腿から丸見えになっている。撫子は慌てて身頃《みごろ》を引っ張り、今の体勢でできるだけ足を隠した。

伊吹が「よしよし、その調子だ」と言いながら楽しげに笑う。

もしや彼は、撫子が必要以上に緊張をしないよう、いつもの彼女でいられる態度をとってくれたのではないのだろうか。

そんなことを考え、彼のさりげない気遣いを感じていると、階段を上がりきった伊吹がドアを開けた。

咄嗟にビクッと身体が震える。

ラブホテルとは、いわば男女がそういう行為に及ぶ場所。それ用に作られているのだろうから、室内はいかがわしい雰囲気に溢《あふ》れているのだろう。それを考えると、恥ずかしいを通り越して怖くさえ感じてしまった。

思わずキュッと目を閉じ、伊吹のスーツを掴んで彼の胸に顔をうずめる。

クスリと優しい笑い声が耳に入り、それと同じくらい穏やかな囁き声が聞こえてきた。

「怖がるな……。ほら、見てみろ。星空だ」

室内で星空とは、おかしな話だ。天窓《てんまど》でもあるのだろうか。おそるおそる顔を動かした撫子は、視界に入ったものに目をみはり、大きく天井を仰《あお》いだ。

星空が広がっている。

薄暗いワンルームの室内。天井いっぱいに輝くキラキラとした光は、本当に星空を思わせてくれる。

「プラネタリウムライトってやつだな。暗い部屋で天井を照らして、星空を作るっていうやつだ」

「ライトの作り物でも綺麗だわ。凝っているのね。凄い」

「お手軽な作り物でも、一応はプラネタリウムだからな。こういうものは、ちゃんと星が星座の形で動いているらしいぞ。おまえ、わからないのか？　女は星座とか星占いとか好きだろう」

「占いは好きだけど……。花以外のことは……あまり……」

「花馬鹿だな」

「失礼ねっ。言ってくれるじゃないのっ。あんたこそ、いろいろと講釈たれて理屈並べるのが得意なんだから、星とかにも詳しいんじゃないの？」

「俺は星より花派だ」

「どっちが花馬鹿よ。もうっ」

「たしかに、友人知人には花贔屓《はなびいき》の変人と言われることもある」

撫子が楽しげに笑いだすと、伊吹は彼女を柔らかな感触のするところに座らせた。

「ほら。緊張しなくても大丈夫だろう？」

穏やかな囁きにドキリとする。撫子の頬を撫で、伊吹はそこにキスをしてから彼女の傍を離れた。

頬にキスをするのは、彼が満足をしたとき。

そんなことを思いだすと、また鼓動が大きくなった。

室内が徐々に明るくなってくる。天井のプラネタリウムが消え、本来の室内の様子がわかるようになった。

撫子は目をぱちくりとさせて周囲を見回す。なんということだろう。ベージュとブラウンでまとめられた室内はとてもモダンで、想像していたいかがわしさなどはまったく感じない。

座らされていたのはベッドの端。見たこともないような大きなベッドである。枕の先には照明などを操作できるパネルがあるらしく、伊吹がネクタイを緩めながら操作していた。

大きなテレビやスピーカー。何気なく転がされたビーズクッションは、見るからに柔らかそう。部屋の隅には緩やかな螺旋状《らせんじょう》の階段。見上げると、上には小さなロフトスペースがあるようだ。

「なにをキョロキョロしているんだ？　そんなに珍しいか？」

そんなに言われるほど見ていたのだろうか。あまり物珍しく眺めるのは行儀が悪いとわかってはいるが、つい見ずにはいられない。

「なんだか、いろいろなものがあって……。普通のホテルとは全然違う感じ」

「そりゃぁ、本来は愉《たの》しむのを目的に入る場所だからな。そのぶん部屋も娯楽性《ごらく》が高いんだよ」

「……なんか、あんたが言うとすっごくいかがわしく感じるわ……」

するとと伊吹はベッドに片膝をのせ、身体を乗り出して撫子の顔を覗きこんできた。

「だから、風呂《ふろ》はもっと楽しいぞ。入るか？」

「入らないわよっ！　馬鹿っ！」

からかわれているとわかってはいても、ムキにならずにはいられない。撫子が真っ赤になると、伊吹は笑って足を下ろしスーツの上着を脱いだ。

ロフトを見上げた彼は、撫子に目を向け親指をしゃくる。

「あそこで着物を直してこい。大丈夫だ。見ないから」

「え……。うん……」

脱いで着直すほどではないが、やはり着崩れを直す姿を男性に見られるのは気が引ける。

立ち上がりベッドから離れると、伊吹がロフト側に背を向けてベッドに腰を下ろした。

「ロフトの階段は踏み面が狭い。コケないように気をつけろよ。着いて行かなくてよいか？」

「だ……大丈夫よ……。あのさ……」

「ん？」

「あ、ありがとう……。さっき、公園で……。正直、助かった……。それと、着崩れを気にしてくれたり、階段のことを注意してくれたり、……あの……だから……、たくさん気にかけてくれて、ありがとう……。——伊吹さん……」

彼が、うしろを向いていたからこそ、言えたのかもしれない。

公園での一件も、着崩れや階段を気にしてくれたことも、礼は言うべきことだった。

素直にお礼を言おうというのに、「あんた」ではおかしいだろう。先日のデート帰りの車内のように「大和様」でもよかったが、なんとなくもう少し砕けた呼びかたがしたかった。

彼の名を、口にするしかなかった。

——「伊吹さん」と。

呼んでしまってから強烈な羞恥心に襲われ、撫子はすぐに階段へ向かおうとした。しかしいきなり立ち上がった伊吹に素早く腕を掴まれ、抱き寄せられてしまったのである。

「ったく……、どうしておまえは、そうやって……」

呟く言葉が、どこか辛そうに聞こえる。彼は戸惑う撫子の右手を掴み、その指先に唇をつけた。

「謝ることができたご褒美」

なんとなく予想はできていたが、素直な態度をとれたことが彼のお気に召したらしい。

次に伊吹は、手を握ったまま撫子に唇を合わせてきた。優しくなぞるように唇を擦り合わせたかと思うと、強く吸いつき舌をさらう。

キスの強さに、思わず伊吹のシャツを掴む。いつものスーツとは違う薄い布一枚の手触りが、彼の体温をより近く感じさせた。

握られた手に伊吹の指が絡む。撫子のほうからキュッと握ってしまったのは、キスの刺激に耐えるためだった。怖がっているとでも思ったのか、彼女を抱く伊吹の腕に力がこもる。

雰囲気のせいだろうか。場所のせいだろうか。キスの合間に吐く息が、いつもより熱くとろりとしたものに感じられる。

撫子はもちろん。伊吹も……。

そんな感覚が、まるでいつもの自分ではないよう。足が震えそうになっていることに気づき、撫子は思わず伊吹の身体を押して無理やり唇を離してしまった。

「あ、あの……、着物を……」

「ああ、そうだった……。すまない、つい……」

伊吹自身が戸惑っている。彼も感情のままに振る舞ってしまったのだろう。

撫子から離れ、伊吹は先ほどと同じくベッドの端に腰を下ろす。

「早く直してこい」

「う……うん」

早歩きで階段へ向かう。梯子状の螺旋階段は緩やかで、足を置くステップも広くとられている。それでも撫子は伊吹が心配してくれた気持ちに応えるよう、足元に気をつけて上がっていった。

ロフトは意外に広く、天井が斜めに取られるという小洒落《こじゃれ》た雰囲気。ラグが敷かれたスペースにローテーブルとクッションが置かれている。

なんとなく個人の部屋のように感じてくつろいでしまいそうになるが、テーブルの上に成人男性向けと思われる雑誌が数冊置かれているのに気づき、慌てて視線を外した。

ロフトの柵越《さくご》しに下を覗きこむ。そこからはベッドに腰掛けた伊吹のうしろ姿が見えた。「見ないから」と言ったのは嘘ではないらしい。

鏡などは見当たらないが、この程度の着崩れならばすぐに直せる。

崩れてしまったのは、主に下半身。お端折《はしょり》の下から衿先《えりさき》を整え、下がった部分を腰紐《こしひも》の中へ入れこむ。帯の下側からたるんだ部分を脇へ送り、たるみをたたんで後ろ身頃へ倒した。

お端折を直した際に腰がしわになっていないかをたしかめ、完了。

この間、ほんのわずか。さすがに慣れたもの。まさか伊吹もこんなに早く終わるとは思っていないだろう。

終わったと声をかけて驚かせてやろうか。そんなことを考えながら下を覗くと、いきなり伊吹が立ち上がった。

振り向くのではないかとドキリとしたが、彼は壁に設置された小さな棚のほうへと歩いて行く。棚の下には台があり、保温ポットが見えた。

観音《かんのん》開きになった棚の扉を開け、伊吹は白いコーヒーカップをふたつとティーバッグを取り出す。セルフサービスでコーヒーなどが淹れられるようになっているらしい。

手軽に淹れられるとはいえ、伊吹がそんなことをしてくれるとは思わなかった。撫子が階段を下りていくと、彼が振り向く。

「思ったより早かったな。さすがに慣れたもんじゃないか。着直したのかと思うくらいだ」

「そりゃあ……、洋服より慣れてるから……。それより、なに淹れているの？」

「これか？　緑茶」

「それ、ティーバッグでしょう？　紅茶じゃないの？　それに、用意しているのもコーヒーカップだし……」

「三角パックっていう便利なもんがあって、緑茶なんかもバッグで煎れられるんだ。お姫さんは知らないか。で、湯呑みがないからコーヒーカップで代用」

伊吹がカップから取り出したティーバッグは、本当に三角型だった。近づくと緑茶の香りが漂ってくる。紅茶のティーバッグなどは知っていたが、急須《きゅうす》を使わなくとも緑茶が飲めるとは知らなかった。

「ずっと外にいたから、身体が冷えただろう。ほら」

伊吹が両手に持ったカップのうちひとつを差し出す。両手で受け取ると、手のひらに温かなぬくもりと緑茶の柔らかな香りを感じた。

「この時期にショールも羽織らないで外へ出るなんて、風邪をひきに行くようなもんだ。それでも飲んで温まれ」

「うん……、ありがとう」

伊吹はベッドの端へ腰を下ろし、自分のカップに口をつける。彼は撫子が寒かっただろうと考え、わざわざ温かいお茶を煎れてくれたのだろう。

立ったままではあったが、撫子もカップを口へ運ぶ。温かなお茶が喉を通り、少しずつ全身へ沁み渡っていった。

お手軽な三角ティーバッグのお茶なのに、今まで飲んだこともないくらい美味しく感じてしまう。

伊吹が煎れてくれたのだと思うと格別で、身体はあっという間に内側から温かくなった。

「美味《うま》いか？」

「……うん」

「おまえのようなお姫さんが、立ち飲みするほど美味いのか？」

「うん……」

「だからって泣くな」

撫子は返事ができなかった。口からカップを離せないまま、涙が頬を伝っていく。お茶が美味しすぎて泣いているわけではない。考えれば考えるほど、切なくなってしまうのである。

伊吹が気持ちをかけてくれればくれるほど、この現実を辛く感じてしまう。

すぐにでもハンカチを出して拭《ぬぐ》えばいいのに、身体が動かない。彼が煎れてくれたお茶から、唇を離したくない。

動かない撫子をしばらく見つめ、伊吹がおもむろに立ち上がる。彼女の手からカップを取り、自分の物と一緒にポットの横へ置いた。

改めて撫子の前に立ち、その顎を手で掬う。

「悪戯な気まぐれをおこして、それを怒られるのが怖くて泣くくらいなら、最初からこんな馬鹿みたいなマネはするな。わかったな」

どうやら伊吹は、撫子がお説教をされるのが辛くて泣いているのだと思ったらしい。自分のワイシャツの袖で頬に伝う彼女の涙を押さえて拭うと、微苦笑を漏らした。

「ほら、泣くな。怒らないから。そのかわり、もう勝手なことをするんじゃないぞ」

声がとても優しい。なのに、撫子の胸は締めつけられるほど苦しい。

「黙って、いなくなるな……。どうせもうすぐ、約束の期限が来るんだ……」

伊吹の腕が、ふわりと撫子を抱擁する。約束の期限とは、例の一ヶ月間のことを言っているのだろう。

彼が認める大和撫子になるという約束。彼の言葉と様子から、なにをしても無駄なのだと言われているような気がする。だとすれば、撫子は条件をクリアできないということが、すでに伊吹の中では決定しているのだろうか。

そうなれば、伊吹は自分の好みに合わない女と婚約をすることになる。なぜそんなことをしようとするのだろう。

――彼の好みに合う大和撫子は、すぐ傍にいるのに……。

「わたしは、条件をクリアできないの？　できない女を、どうしてわざわざ結婚相手にしようとするの？　それも全部、会社のためなの？」

「撫子」

「ベッドに引っ張りこみたくなるような大和撫子。そういう人は、すぐ傍にいるのに。……お淑やかで、頭が良くて気遣いができて。理想どおりの大和撫子がいるのに……。自分の好みも全部捨てて、会社のために、好みに合わないわたしと結婚するの？」

「なんのことを言って……」

「わたしは、凛子さんみたいになれないよ！　あの人が見本なんでしょう⁉　あんたはわたしに、あの人みたいな大和撫子になってみろって言いたかったんでしょう⁉　どうせ会社のために結婚しなくちゃならないなら、その女が好みどおりの女になれるかどうかを試すくらいの気持ちで……！」

撫子の言葉は途中で止まる。いきなり頭を伊吹の胸に押しつけられ、口がふさがってしまったからだった。

「まったく……おまえは……」

伊吹が息もできない強さで撫子を抱きしめる。

彼の声が、泣きそうになっているように聞こえたのは、気のせいだろうか。

身動きができない。

伊吹の胸に押さえつけられ、撫子は完全に彼の腕で拘束されていた。

感情のままに言葉を出してしまったが、彼はどう思っただろう。呆れただろうか。

好みどおりの大和撫子になれないというのは、彼が出した条件をクリアできないと諦め、降参するということ。

最初にあれだけ我を張って拒否した縁談を受け入れる、そう言っているようなものである。

やっぱりお姫さんには根性がない。じゃじゃ馬は感情ばかりで動いて気まぐれだと、鼻で笑われてしまうことだろう。

失笑ではなかったが、頭の上で伊吹がクスリと笑う。かと思うと、すぐに楽しげな笑い声になった。

「そうかそうか、つまりお前は、やきもちを焼いたわけだ」

図星ではあるが、そんな言われかたは恥ずかしい。撫子は抵抗を表すため、かろうじて動かせる腕だけで伊吹の身体をぽかぽかと叩く。だが伊吹は相変わらず笑い声をあげたまま両腕で彼女の身体を抱き、放そうとしない。

頭から手が離れたのをこれ幸いと、撫子は顔を上げて伊吹を睨みつけた。

とはいえ、睨んだというよりは困ったような情けない表情になってしまっているような気がする。

「わっ、笑うんじゃないわよ！　わたしはね、真剣にっ……」

撫子の言葉はそこで止まる。さっきのように伊吹の胸に押しつけられたからではない。

彼が、今にも嬉し泣きをしてしまいそうな表情を見せたからだった。

「おまえは……、本当に……」

彼の手が撫子の頬を撫で、頭を抱く。愛しげに頬を擦り、彼女のひたいに唇をつけてきた。

「どうしてそうやって……、俺が嬉しいことばかりをする……」

ひたいにつけていた唇が下がってくる。顎を掬《すく》われ、撫子の顔が上がったことで自然と唇同士が重なった。

「……だが、豪《えら》い誤解だ……。たしかに加納女史は申し分のない女性に見えるだろうが、俺の好みじゃない。第一、彼女じゃ恐ろしくてベッドに引っ張りこむ気にはならないな」

凛子が聞いたなら、ひと睨みされてしまいそうな言葉である。

唇同士を擦り合わせ、上唇を軽く食まれる。その刺激に撫子はピクリと震えた。

「俺が……、ベッドに引っ張りこみたいのは……」

伊吹は言葉を濁し、再び撫子の上唇を唇で挟む。そのまま舌で表面をなぞられ、膝の力が一気に抜けた。

しかし、崩れ落ちることはない。伊吹の腕がしっかりと彼女の身体を支えている。キスを続け、伊吹に支えられたまま、撫子の身体がゆっくりとうしろへ倒れていく。

ふわっとした柔らかな感触と、心地よい重み。その両方を身体に感じたとき、自分がベッドに倒され、伊吹に覆いかぶさられていることに気づいた。

「俺が、ベッドに引っ張りこみたいのは、おまえだ……」

撫子は思わず目を見開く。同じく目を開きかかっていたらしい伊吹と視線が絡むが、いつものように照れてそらすことはなかった。

恥ずかしさを感じるより、彼の言葉のほうが衝撃的でそれどころではない。

艶のある伊吹の目が、とても辛そうな色を湛えているように見える。見つめあったまま離れた彼の唇が、薄微笑を浮かべた。

「もう少しだった……。もう少しで、約束の期限だったっていうのに……。おまえは、土壇場でこんな……、どうして俺を惑わすことをする……」

「伊……吹さ……」

「約束の一ヶ月を過ぎれば、……俺は、婚約者として堂々とおまえをベッドに引っ張りこめたっていうのに……」

撫子は、やっと伊吹の気持ちがわかったような気がした。

彼は、約束の一ヶ月目がくるその日を、待っていたのだ……。

撫子を煽り、怒らせながらも、彼女を自分に慣れさせ、心を掴もうとしていたのだろう。

時間をかけ、撫子を振りむかせるため。花言葉に自分の想いをこめ、キスで彼女を懐《かい》柔《じゅう》して……。

寿光が言っていたように、伊吹はどこかのイベントかなにかで撫子を見かけ、心を寄せていたのかもしれない。それだから縁談の話が出たときに喜んだのだろう。

「我慢していたのに……。まさか、約束期限満了一歩手前で耐えきれなくなるとは……」

伊吹の唇が撫子の目尻に触れる。そのまま耳に落ち、甘い吐息が外耳をなぞっていく。

「……じゃあ……どうして、破談にしてやるなんて約束をしたの……。そんな約束、しなければ……」

しなければ、なんだというのだろう。

こんな約束をせず、強引に縁談を成立させて婚約してしまっていれば、伊吹は撫子を好きにできたとでも言いたいのだろうか。

違う。撫子は、そんなことを言いたいのではない。

こんなことになるなら……、こんな気持ちになってしまうなら……

伊吹のことしか考えられなくなるほど心が彼に満たされてしまうのならば、破談の条件など出して欲しくなかった。

撫子を抱きしめたまま、伊吹は彼女の耳元に辛い心の内を明かす。

「おまえに、好きな男がいるとわかったからだ……」

「好きな……。初恋の男の子のこと？」

「見合いの日、この縁談を頑《かたく》ななまでに否定するおまえに、俺は好きな男でもいるのかと尋ねた。……おまえは、なにも答えなかった……」

よみがえる記憶に、撫子はハッとする。あの日、問われて黙ってしまったことで、撫子には心に決めた相手がいるのだと伊吹が誤解をしたのだろう。

たしかにあのときは、初恋の少年以上に好きになれる男性などいないと思っていた。おまけにこの歳で、勝手に結婚相手を決められそうになっていることや、初めて伊吹に会ったときの印象が悪すぎて、とてもではないが素直に受け入れられる状態ではなかった。

「どんなことをしてでも、この縁談をはねのけようとするほど好きな男がいるなら、諦めてもいいと思った。だから、あんな条件を出した。けれどそれが、単に思い出の少年なんだとわかって、……正直、ホッとした……。真相がわかれば迷いはない。どんなことがあっても、約束の期限がすぎるまではおまえを認めないと決めた。そうすれば自然と婚約は成立する」

「ずるい……」

「ああ、すごくずるい……。とっくにベッドへ引っ張りこみたくて堪らなくなっているのに、それを認めなかったんだから」

「わたしは、伊吹さんが認める、大和撫子になれた……？」

伊吹は顔を上げ、撫子を見つめる。切なげに微笑み、彼女の頬を撫でた。

「ああ……、一ヶ月前とは、顔つきまで変わった気がする……。申し分のない、大和撫子だ」

「……ベッドに、引っ張りこみたいくらい……？」

「さっきから、そうだと言っているだろう」

頬に添えられた伊吹の手に自分の手を重ね、撫子は彼を見つめる。わずかに視線を外し、恥ずかしげに問うた。

「引っ張りこんで……くれないの……？」

この言葉の意味するところが、どんなにふしだらなことであるかは理解している。ましてやそれを自分から口にしてしまうなど、はしたない行為の極みでもある。

わかっているのに、心のままにスルリと口から出てしまった。

伊吹にならば触れられてもいい。初めてのデートで触れられた以上に、全身に彼を感じたい。

――触れて欲しい……。

重ねられていた撫子の手を、伊吹が握り返す。彼は撫子の指先にキスをし、その手を頬に寄せた。

「おまえは……〝ナデシコ〟だ……」

「え？」

「ナデシコの花言葉は、まさにお前そのもの。大胆《だいたん》、純愛、貞節《ていせつ》。そして……、純粋《じゅんすい》な愛」

これは、褒め言葉と取ってもよいのだろうか。ふわりと頬が温かくなった。

「幼いころの初恋を大切にし、純粋な気持ちを守り抜くため無茶な条件に挑戦した。そんな一途なナデシコを、……俺が穢《けが》すわけにはいかない」

撫子は息を止め、伊吹を見つめる。彼はゆっくりと身体を起こすと、撫子の手を引きベッドの端へ座らせた。

彼女の前で膝立ちになり、震える彼女の両手を取る。そして、終幕《しゅうまく》宣言をしたのである。

「約束どおり、この縁談はなかったものにする。家のために組まれた政略結婚などごめんだと言いきった、おまえの望みどおりだ」

「……伊吹さ……」

「おまえを屋敷へ送り届けたら、俺から家元へ破談の旨《むね》を伝える。大丈夫だ、最初にも言ったが、俺の非が原因だということにするから」

「でも……！」

撫子は驚きを隠せない。

伊吹は撫子に想いを寄せている。撫子だって、もう初恋の少年を思いだせなくなるほど、心の中は伊吹への想いでいっぱいになっている。

お互い、それはわかり合ったはずなのに……。

なのになぜ、すべてなかったことにしなくてはならないのだろう。

「俺は、約束は守る。おまえは俺の条件をクリアした。クリアすれば、この話はなかったことにするという約束だった」

気が遠くなる。意識をしっかりと持っていなくては失神してしまいそう。

伊吹は撫子の震える右手を取り上げ、その指先に唇をつけた。

「立派な、大和撫子になったよ。……よくできました……」

最後に称賛を囁いた伊吹の声が、今までになく悲しげに聞こえた。

その夜。撫子が屋敷へ戻り、ほどなくして寿光の元に伊吹からの連絡が入った。

今回の縁談はなかったものにしてほしいとの申し出だ。

もちろん撫子はすぐに寿光に呼びだされ、寝込みそうなほど蒼白《そうはく》になった母と、心配そうな兄をまじえた場で事情を聞かれた。

しかし、なにをどう説明すればいい。撫子はただ「お騒がせをして、申し訳ありません」と頭を下げるしかなかったのである。

そんな彼女を見ていられなくなった柊都が、話は明日にしようと助け舟を出してくれたおかげで、撫子は三十分ほどで解放された。

部屋に戻り、ひとりになると涙が流れて止まらない。目の前にはハナミズキの花束がある。伊吹が訪ねてきた際に置いていったものらしい。彼が言っていたとおり、レースのリボンでとてもかわいらしくラッピングされている。

「……伊吹さん……」

ハナミズキの花言葉は、「私の想いを受け取ってください」だ。

撫子は、受け取ることができなかった。

彼はずっと、自分の気持ちを差し出してくれていたというのに。

純粋な想いを大切にかかえたナデシコの華を、傷つけぬよう、手折らぬよう、見つめ続けてくれていたというのに――。

第七章　初恋　サクラソウ

——気がついたら、夜が明けていた。

眠った覚えがない。眠ろうともしなかった。いや、眠れなかった。

目を閉じれば、浮かぶのは伊吹の姿ばかり。瞼を開けば、彼がくれたハナミズキが目に入る。

花を見てしまうと、伊吹との思い出だけが脳裏を駆け巡る。

この一ヶ月間で、撫子の心をすっかり占領してしまった彼。

後悔というものは好きではない。したくもない。けれど今回ばかりは、それが撫子を苛《さいな》み続けた。

嫉妬と自分勝手な解釈に踊らされ、昨夜あんな行動に出なければ……。

黙って約束の期限がくるのを待っていれば……。

そうすれば、この縁談は婚約に結びつき、伊吹と撫子は手を取り合うことができた。

耐えきれず、伊吹は最後の最後に自分の気持ちをさらしてしまった。彼だって、昨日のことがなければ素知らぬ顔で期限を迎えられていたはずなのに。

「約束だからって……、本当に破談にするなんて……。馬鹿みたい……」

ひとりの自室で、撫子はぽつりと呟く。

朝食もとらないまま、撫子はずっと部屋にこもっていた。早朝に一度、泣きはらした顔でも洗ってこようと部屋を出ただけ。

そのとき柊都と顔を合わせたが、撫子が憔悴《しょうすい》している様子を見て彼は黙って頭を撫でてくれた。

兄の心遣いが嬉しい。

今は余計なことを聞かれたくはないし、口にもしたくはない。この気持ちが落ち着くまで放っておいてほしいというのが本音だった。

伊吹は自分の気持ちを押し殺して、口約束を守るために縁談を捨てた。彼を馬鹿みたいと貶しはしたものの、それが彼らしいとも思う。

伊吹は、そんな馬鹿正直な男なのである。いい人になりたいばかりに、悪いことを悪いとも言えないような人間とは違う。他人ばかりにではなく、自分にも厳しくできる男だった。

彼は約束を守った。ならば撫子も、その誠実さに応えなくてはならない。

伊吹は撫子を、ナデシコの花にたとえてくれた。大胆、純愛、貞節。純粋な愛を持っていると、称賛してくれた。

ならばそれを忘れない大和撫子であることが、彼の気持ちに応えることなのではないか。

「伊吹さん……」

そんな志《こころざし》を持った撫子の姿を、またなにかの機会に伊吹が見てくれたのなら。彼はきっと喜んでくれるに違いない。

じわりと目頭が熱くなった。昨夜さんざん泣いたというのに、また涙が出そうになっている。

前向きに考えようとするが今は無理だろう。撫子の中で伊吹という存在が大きくなりすぎている。

ハアと息を吐き、窓から外へ目を向ける。まだ昼前だがとてもよい天気だ。こんな日に外へ出たなら、きっと清々しい気持ちになるに違いない。

土曜日の今日は、ちょうどお役目がない日にあたっていた。いつもの撫子ならば喜んで出かけていたのではないだろうか。

「そういえば、遊園地……、連れていってくれてないじゃない……」

ふと思いだす。夜の遊園地に連れていってくれるという約束。ライトアップされた観覧車に乗せてくれると言っていたのに。

「……嘘つき」

これはペナルティだった。初めて自分から彼の失態を見つけてしまった気分である。

彼を嘘つき呼ばわりしながらも、撫子の口元はほころぶ。伊吹のことを考えるととても楽しい。

完全には忘れられないだろうが、それならそれでもいい。いっそ気持ちの整理がつくまで彼を想い続けよう。

難《むずか》しいことではない。伊吹に出会い、彼に愛しいという感情をすべて持っていかれてしまうまでは、初恋の少年を想い続けていられたのだから。それが伊吹に変わるだけ。

目に溜まっていた涙が、ぽろりと零れ落ちた。鼻を軽くすすりあげ、撫子は小さな座卓の上に載ったティッシュケースからペーパーを引っ張り出す。それが最後の一枚だった。

いつもはなくなる前に新しい物を部屋に置いておく。昨夜たくさん泣いてたくさん使ったせいで、とうとう使いきってしまったらしい。

「誰か、部屋の前でも通らないかしら……」

目元をペーパーで押さえながら、誰かの気配がしたら新しい物を持ってきてもらおうかなどと考える。

――お姫さんは、これだから。

すると、伊吹ならばこう言って失笑するであろう光景が思い浮かんでしまった。

撫子はクスリと笑って静かに立ち上がる。

「自分で取ってこよう……。いつまでもお姫さんじゃ駄目だよね……」

歩き出そうとしたとき、襖越しに静かな声がかかった。

「お嬢さま。久子です」

まるで内緒話のように、久子は声を潜めている。撫子はその場で返事をした。

「どうしたの？　なにかあったの？」

「はい。実は、裏門にお嬢さまのお客様が」

「裏門？」

「本来《ほんらい》、裏門からお招きするお客様ではありません。でも、お嬢さまの承諾《しょうだく》をもらうまでは表門からは入れないとおっしゃるんです。こっそりと訪ねて来るときは、裏門からわたしを呼んで通してもらえばいいって、お嬢さまに聞いたと言っていました」

久子の説明を聞いて、撫子は息を呑んだ。

たしかにそんな話をした覚えがある。それもごく最近。

（まさか……）

両手を胸で握り合わせる。大きくなる鼓動が、手のひらに伝わってきた。

まさか。そんなことはない。昨日の今日なのだから、彼がここへ来るはずなどないではないか。

「もちろん、お通ししましたよ。今、一緒にいらっしゃいます。お部屋へお通しします。いいですね」

「お久さっ……！」

動揺のあまり、撫子は足を踏み出しかける。だが久子の言葉が彼女の動きを止めた。

「わたしは、元気なお嬢さまも綺麗になったお嬢さまも両方大好きです。でも、悲しそうに沈んだお嬢さまは見たくありません。お嬢さまには、いつも幸せでいてほしいんですよ」

部屋の襖が勢いよく開く。すぐさま、たくさんの白い花をかかえたスーツ姿の青年が飛びこんできた。

にこりと笑った久子が軽く会釈をして襖を閉めると、視界に入るのは青年だけ。

撫子は言葉が出ない。

そこにいるのは伊吹だった。そして彼がかかえているのは、大量のサクラソウ。いつものようなラッピングもなにもない、白いサクラソウの束だった。

なんと言って声をかけたらいいのだろう。第一、なぜ彼は撫子の元へやって来たのだろう。

撫子が声をかけそびれていると、伊吹はかかえていたサクラソウをいきなり床にばらまいた。

「なっ、なにしてるのっ」

驚いた撫子は思わず屈みこみ花を集め始める。サクラソウは小さな花。床にばらまいたりしては、茎が折れたり花びらが取れてしまったりするかもしれない。そんなことになったらかわいそうだ。

広範囲にばらまいたわけではないが、撫子に合わせて伊吹も屈み、花を拾い始めた。

数枚落ちてしまった花びらも丁寧に拾い、撫子に差し出してくる。それを受け取ろうとした瞬間、撫子は強烈な既視感《きしかん》に襲われた。

――白いサクラソウ。

——床にばらまかれた花を、一緒に拾った思い出。

——花びらまでをも拾い集め、花を慈しんでくれた少年。

撫子は目を見開いて顔を上げる。驚く彼女を前に、伊吹はにこりと微笑んだ。

そして口にしたのである。

あのひとことを。

「——なでちゃんは、頑張り屋さんで、エライね」

撫子と、初恋の少年しか知らない、その言葉を——。

「どうして……」

自然と、出る言葉が震えた。

これが単なる驚きであるのか、それとも喜びであるのか、自分でも判断ができない。

「どうして……、その言葉……。それに、サクラソウも……。白いサクラソウ……」

伊吹が口にした言葉もそうだが、このサクラソウも偶然とは思えない。

幼かったあの日、初恋の少年と共に拾ったのは白いサクラソウ。初恋の思い出を伊吹に話したとき、サクラソウのことは言ったが色までは教えていない。

一般的に、サクラソウと聞けばピンク色のものを思い浮かべるだろう。あの日のサクラソウが白であったことを知っているのは、撫子と、そして……。

撫子の視線は伊吹に釘づけになった。彼は自分が拾ったサクラソウと花びらを座卓の上に置くと、撫子が手にしているものも受け取りそこへ置いた。

そして、ぺたりと座りこんでしまった彼女を胸の中へ入れ、抱きしめたのである。

「東海林撫子さん。俺と結婚してください」

驚きは増すばかり。縁談は破棄《はき》され、この話はなかったものになったのではないのか。

「撫子は、家同士の利害関係が絡んだ政略結婚がイヤだったんだろう？　その縁談は昨夜なくなった。だからこれは、改めて、俺が個人的にずっと好きだった女に結婚を申し込んでいるものだ」

「昨日の……」

「そうだ、昨日のだ。撫子は俺の条件をクリアし、政略結婚の取りやめを勝ち取った。俺も、この件に関しては家元に断りを入れた。だから、政略結婚の足枷《あしかせ》がなくなった今、堂々と撫子にプロポーズができたってわけだな」

「あ、相変わらず面倒なこと考えるのね……」

「そうだよ。でも」

伊吹は片手で撫子の顎をさらい、彼女と視線を合わせた。

「撫子は、そんな俺に惚れ直したんだろう？」

「わ……わたしが好きなのは、初恋の……」

「だからー、昔よりイイ男になったから、改めて惚れ直したんだろ？」

からかう口調ではあれど、伊吹の口調はとても嬉しそう。これでは意地を張って言い返すこともできない。

「どうして、最初に言ってくれなかったの？　わかってたんだよね？　わたしが、小学校の弁論大会で一緒に花を拾った一年生だ、って」

「わかっていた。おまえのことは、ずっと知っていた。おまえと同じで、ずっと心に残っていたんだ。でも、華道家元の令嬢に手を出すわけにはいかないだろう。おまけに東海林家は古くから会社の得意先だ。下手なことなんてできない。──だから、縁談の話が出たときは、喰いつかずにはいられなかった」

「あ……、あの話……」

寿光が言っていた話を思いだす。縁談の話が出たとき、一番乗り気だったのは伊吹だったという話である。「やっと彼女に会える」そう言ったという彼は、心から待ち侘《わ》びた日がついにきたという気分だったのだろう。

「チャンスがきたのは今年の春だった。家元と父が、冗談のように話していたんだ」

伊吹はそのときのことを、笑いながら口にした。それは今年の春先、寿光がヤマト・フラワーコーポレーションを訪れ、社長である伊吹の父と世間話をしていたときのことだという。

『仕事は評価しますが、面白みのない息子なのですよ。もうすぐ二十八歳にもなるというのに、今まで恋人のひとりも連れてきたことがない』

『副社長は箱入り息子ですから、なかなか難しいのでしょう』

『興味を示すのは花にばかりですよ。そのうち、花が恋人とか言い出しかねない』

『さらに仕事に精が出てしまいそうなお話ですね』

『そういえば、家元の所にも箱入り娘さんがいらっしゃるじゃないですか』

『うちの娘もなかなか堅い子ですよ。ああ、そうだ、今度副社長に会わせてみましょうか。箱入り同士なら気が合うかもしれませんね』

『それはいい』

　ふたりは気楽に談笑する。だが、冗談のようにかわされたその会話に喰いついたのが、伊吹だったのである。

　真相を聞いた撫子は唖然としてしまった。

「そ、そんな話からだったの……？」

「チャンス到来《とうらい》だろう。俺にとって最大のチャンスだ。たとえそれが冗談であろうが、喰いついて利用しないと撫子に近づけるチャンスなんて再びくるかどうかわからない。家元が『いや、冗談だから』って引くことなんかできないくらい懸命に頭を下げたんだぞ。どうぞよろしくお願いいたしますって言って」

「ず……ずるいっ」

「でも撫子は、そんな俺を好きになってくれたんだろう？」

　とても嬉しそうにはにかむ様子を見て、一瞬にして頬が熱くなった。

　こんな顔を見せられてしまうと、撫子のほうが嬉しくなる。

「俺も、好きだ」

掬《すく》い上げていた手が外される、撫子の身体に回される。それでも撫子が顔を伏せることはなかった。

「ずっと、心の中にはおまえがいた。ずっと、撫子が好きだった」

撫子はそのまま、自然に瞼を閉じる。ふわりと伊吹の唇が重なった。当たり前のように、ふたりはくちづけをかわす。

「撫子……、本当の意味で〝大和撫子〟になってくれるか」

すぐに返事をしたいのに、重なる唇が言葉を出させてくれない。撫子は伊吹に強く抱きつき、今の気持ちを表すように身体を揺すって答えた。

すると伊吹は楽しげに笑い声をあげ、撫子を力強く抱きしめたのだった。

「暴れるなっ。まったく、じゃじゃ馬は押さえこむのにひと苦労だ」

「なっ、なによっ。この期に及んで、まだじゃじゃ馬とか言うのっ」

「当然だ。この気まぐれで我儘な暴れん坊を押さえこめるのは、俺しかいないんだ」

「だったら押さえてよ、一生押さえていてよ。わたしを……、大和撫子にできるのは、伊吹さんだけなんだから。これからずっと……伊吹さんだけなんだから！」

撫子の返事を受け取り、伊吹がその唇に吸いつく。彼の舌は撫子の口腔《こうくう》で嬉しげに動き回った。

信じられない。

ずっと想い続けていた初恋の少年が、思い出の白いサクラソウを持って、心ごと自分をさらいに来た。

もう二度と迷う必要などない。本当の意味で大和撫子になるという確約が、ここにある。

「あ……、でも、父様とか、なんて言うの？　昨夜、この話はなかったことにって言っちゃったんでしょう？」

「家元には説明してある。家の利害関係が絡んだ意味ではなく、ひとりの男として撫子さんにプロポーズがしたいから、縁談は一度断らせてくれって。改めてプロポーズするまで、今回の破談にそういった意味があることは他言しない約束になっている」

「そうなの……」

ならば父は、昨夜それを知っていたことになる。

撫子が最良だと思える結果を出すようにと、父は言ってくれていた。伊吹に関わるようになった撫子が、女性として変わり始めていることにも気づいていてくれていた。

寿光は撫子に最後の確認をさせたかったのかもしれない。伊吹から破談を言い渡され、そのうえで、自分にとっての最良の結果とはなんであるかを確認できるように。

「まあ、あとからしっかりと説明をしておかなくちゃならないのが、副家元だな」

「兄様？　あ、猫かわいがりしている妹をふった男として？」

からかうように言うと、伊吹はこつんっとひたい同士を打ちつけた。

「当たり。実は、さっき裏口でお手伝いさんを呼び出したとき、バッタリ副家元に会ったんだ。凄い剣幕《けんまく》で摑みかかられたぞ。ヤサ男風だけど、実はあの人も猫を被ってるんじゃないのか？」

「にっ、兄様が？」

兄が人に摑みかかるなど、考えられない。

しかしそれだけ撫子を想い、心配してくれていたということなのだろう。

「加納女史が止めてくれなかったら危なかった。殴《なぐ》られるところだ」

「凛子さん？　一緒だったの？」

「手配していたサクラソウが揃ったと連絡をくれたんだ。急いで使いたいと言ったら、彼女が流通センターまで車を飛ばして準備をしてくれた」

いくらボスのためとはいえ、秘書というのも大変なものである。改めて彼女の献身《けんしん》ぶりが伺える話だ。

撫子はそう思ったが、事実には少し違いがあった。

「加納女史がずいぶんと気にしていた。会社に撫子が来たとき、俺を待たずに帰ってしまったから。撫子の様子もおかしかったし、なにか失礼なことをしてしまったのではないかってね。もし会えるなら謝りたいって言っていた。それで一緒に来たんだ」

「そんな……」

謝らなくてはならないのは撫子のほうだった。勝手に誤解をし、凛子に嫉妬心を抱き、彼女を困らせてしまったのだから。

落ち着いた女性ではあるが、内心では酷く心を痛めていたに違いない。

気まずそうに視線をそらしてしまった撫子を見て、伊吹はふっと口角を緩めた。

「今度、彼女に花の活けかたでも教えてやってくれ。仕事面や人間的にはパーフェクトなのに、なんていうか、そういった趣のあることは不得手らしい。実は花を花瓶に飾るのも苦手な人なんだ」

なんとも意外な話。凛子が日舞の道を諦めたという理由が、やっと理解できた。なんでもできるパーフェクトな大和撫子だと思っていたが、そうではないらしい。

凛子には申し訳ないが、なんとなく親近感が湧いてしまった。

「加納女史が副家元を止め『妹さんのためにも、ここは落ち着いてください。ご一緒にコーヒーでもいかがですか?』なんて言って、外に連れ出してくれた」

「こっ、こーひーぃ?」

撫子は驚きのあまり素《す》っ頓狂《とんきょう》な声をあげてしまう。柊都がコーヒーを飲むということに対してではない。女性に誘われてホイホイと着いて行ってしまったということに対してである。

顔が良くて細身のヤサ男風ではあるが、身持ちは堅い男であったはずなのに。

(本当に凛子さんが気に入ったのかも……)

凛子が撫子に届け物を持ってきたとき、受け取ったのは柊都だった。初対面であるにもかかわらず彼女の年齢まで訪ねたという。そんなことは滅多にあることじゃない。

撫子は伊吹の腕の中でクスリと笑った。

「兄様の春かも」

「なにが？」

「兄様と凛子さん、そういうこと、になったらいいなぁって」

「……もし仮に、加納女史が義姉さんなんて立場になったら、俺、今以上に頭が上がんなくなる……」

急に真顔《まがお》になった伊吹の言葉を聞いて笑い声をあげると、彼は撫子の頭をコンッと指の関節で小突いた。

「笑うなっ。だいたい、こんないいムードのときに他人の春を喜ぶな。俺に集中しろ、俺にっ」

「たっ、他人じゃないわよ。兄様だもん」

「このブラコンっ」

「うるさいっ」

喧嘩口調ではあれど、ふたりは笑顔だった。笑い終えると、伊吹は先ほど小突いてしまった撫子の頭を撫でる。

「よし、今日はとことん俺に集中させてやる。デートしよう、撫子」

「デート？」

彼を見上げると視線が絡む。愛しげに撫子を見つめ、伊吹が提案した。

「そう、デートだ。遊園地へ行こう。夜の観覧車に乗る約束をしていただろう」

「夜まで遊ぶの？」

「もちろん、夜まで帰さない。安心しろ、夜まで遊んだって足りないぞ。『今夜は帰りたくない』って言わせてやるから」

「いっ、言わないわよっ。そんな恥ずかしいことっ」

ムキにはなるものの、もしかしたら言ってしまいたくなるのではないかという危機感を覚える。

それは、遊びたいからではなく、伊吹と一緒にいたいからだった。

「だから、あのワンピースに着替えてくれ。きっと、白いサクラソウよりもかわいいぞ」

初めてデートしたときに買ってくれた白いワンピース。そのとき彼は、チラリと白いサクラソウのことを口にしていた。

まさかその花の名が出るとは思わず、撫子はずいぶんと驚いた。今考えてみると伊吹はあのとき撫子に気づいてもらいたかったのではないだろうか。

幼い頃の、ふたりの思い出に。

「俺は挨拶を兼ねて家元に礼を言ってくる。そのあいだに着替えておけ」

名残《なごり》惜しげに撫子を腕から離し、伊吹はおもむろにネクタイを締め直す。離れたくないのは撫子も同じで、彼女の手は伊吹の腕に添えられたままだった。

「ひとりで行くの？　わたしも一緒に行ったほうが……」

「俺が家元の所へ行っている時間を使って着替えないと、そのあと俺が一緒にいるときに着替えることになるけど。いいのか？」

「よっ、よくないっ」

「俺は全然構わないけど」

「わたしは構うっ。まだ構う」

いくら気持ちを伝えあい、これからの約束をしたとはいえ、身体を見られるのは心の準備がいる。洋服を買ってもらったときだって、着替えるときは伊吹が部屋の外に出ていたのだから。

しかし、彼は足が綺麗だと褒めてくれていた。この先、本当に肌を重ねるときがきたら、身体も綺麗だと言ってくれるだろうか。そんな、口には出しづらい妄想が頭を埋める。

「安心しろ。おまえなら、きっと全身綺麗だから」

「い、いやらしいわねっ、もうっ」

撫子の思惑などお見通し。すっかり読まれている。彼女の顔を覗きこみ、伊吹は微笑んだ。

「そのうち見せてくれよ。楽しみにしてるから。それまでは、足でも眺めて我慢する」

「ばっ、馬鹿っ」

高慢な笑みではない。彼が浮かべるのは、どこか照れくさそうな微笑だった。

そんな顔をされてしまっては、きつい言葉など出せない。

「伊吹さんが認めてくれた大和撫子なんだから。ベッドに引っ張りこんでくれるんでしょう？」

はにかむ撫子の頬にキスをして、伊吹は堪らず撫子を抱きしめる。

「お姫さまがお望みでしたら。今日は遊園地行くのっ。わたし、すごく楽しみにしてたんだから」

「すぐは駄目っ。今すぐにでも」

本気でムキになり遊園地に行くことを主張する撫子に、伊吹はサクラソウを一輪手に取り差し出した。

「そうだ、撫子。サクラソウの花言葉を知っているか？」

「いくつかあったと思うけれど、少年時代の希望、とか、そういった青春っぽいのじゃなかった？」

「本気で言ってんのか？　なんだ、てっきりちゃんと知っているんだと思っていたぞ。白いサクラソウには、そのものの花言葉があるんだ」

「そうなの？　なに？」

思い出の花に関する新しい知識。撫子はワクワクしながら伊吹を見る。

しかし彼は、口を閉じたまま視線を斜めに上げ、教えようかどうしようかと意地悪な素振りを見せる。

「伊吹さんっ」

撫子が痺《しび》れを切らす。すると伊吹は笑いながら腕の中の撫子を抱擁し、彼女を見つめて人差し指を立てた。

「よし、じゃあ今日のデートの最後に教えてやる」

「またそういうこと言うっ」

初めてのデートのときも同じ手を使われた。しかし、伊吹がもったいぶるということは、またなにか嬉しい講釈を並べ立ててくれる気でいるのかもしれない。

「絶対教えてよね」

撫子は嬉しそうに言って伊吹に抱きついた。


最初から婚約破棄に関する事情を知っていた父はとても穏やかで、娘の縁談は破綻《はたん》したわけではないと知った母は目元をハンカチで拭いながら嬉しそうに微笑んでいた。

そんな両親、そして、フェイスタオルで顔の下半分を押さえ、嬉し泣きを止められない久子に見送られて、伊吹と撫子はデートへと出かけたのである。

柊都はまだ戻っていなかったが、【伊吹さんとデートしてきます】と思い切ったことを報告したメールに【楽しんでおいで】とニコニコ顔のイラスト付きで返事をくれたので、兄も凜子と一緒でご機嫌なのだろうと察しをつけた。

……冗談抜きで、兄も春なのかもしれない……。

普段ならソワソワせずにはいられない状況だが、今回ばかりは気にし続けていられない。今の撫子は、自分に訪れた幸せを受け止めるのに精一杯だ。

身にまとった白いワンピースが伊吹に選んでもらったものだと思うだけで、愛しさのあまりギュッと自分ごと抱きしめてしまいたくなる。

伊吹は観覧車のライトアップを見せてくれると言っていたが、さすがに時間がありすぎて暗くなるまで遊ぶのは無理ではないかと思っていた。

しかし、それはとんでもない間違いだった。あちこちに引っ張り回されているうちに、気がつけばすっかり日は暮れ、――お目当てだった観覧車のライトアップも始まっていたのである。

「もう一回あそこに入りたかったなぁ……。あの西洋のオバケがたくさん出てくるアトラクション。あ、それと、星がいっぱいの中を汽車が走るやつも」

アトラクションの名前が懲りすぎていて、全部を覚えていられない。内容だけを口にすると、観覧車で向かい側に座っている伊吹にぷっと噴き出された。

「笑わなくてもいいでしょうっ。タイトルをよく覚えていないんだから」

「いや、そういう意味じゃなくて……」

伊吹が中腰になって立ち上がる。サイドのバーを摑みながら、撫子に顔を近づけた。

「撫子が楽しそうだから。嬉しくて笑っただけ」

唇が重なり、チュウッと吸いつかれる。そのまま伊吹に抱きついてしまいたくなるが、それをやったら彼がこちらの席へ移動してきそうな気がする。乗っている観覧車の基体《きたい》が傾きそうで怖い。

実際こんな小さな鉄の塊《かたまり》が浮き上がっているのだと考えるだけで、妙な恐怖と緊張を感じる。伊吹と一緒だという浮かれた気持ちがそれを抑えこんでいるが、ひとりだったら確実に固まる。

「ちょっと緊張しているだろう？　怖いか？」

「……わかる？」

饒舌になっていたのはジワジワ来る緊張感をごまかすためでもあった。伊吹はそれをお見通しらしい。

彼は楽しげに撫子の唇をついばむ。まるで小鳥のようだ。

「わかる。なんだか唇が硬くなってる」

突然伊吹が撫子の隣に腰を下ろして彼女を抱き寄せる。グッと基体が傾いた気がして彼のスーツにしがみついた。

「いっ、伊吹さんっ、駄目、駄目っ、片方に片寄らないでくださいねって言われていたでしょっ。危ない危ない、傾くっ、落ちるっ」

慌てる撫子を意に介さず、伊吹はハハハと笑いながらさらに彼女を抱き寄せた。

「落ちない、大丈夫。意外に怖がりだな、撫子は。なんだ？　身体もガチガチじゃないか」

「しょ、しょうがないでしょう……、こんなの乗り慣れてないしっ……」

慌ててしまうのは観覧車の基体が傾くとかそういうことではなく、隣に座った伊吹が彼女の緊張具合を確かめようとしているのかなんなのか、背中から腕から腰から、さするように撫でまわしてくるのだ。

いやではないが、こうも大胆にさわられると焦る。おまけに……。

「この緊張、ほぐしてやりたいな……」

強く抱きしめられ耳元に囁かれては、緊張がとけるどころか力が抜けてしまう。

「というより、ほぐしたい……。だから、引っ張りこむ予定だけど……。いい？」

ドキンと、心臓が跳ねた。

引っ張りこむ、とは、もしや例の言葉に絡めて言っているのだろうか。

だとすれば……彼は撫子を抱きたいと言っていることになる。

「ぁ……うん、あの……」

ハッキリと返事ができない。答えなんか決まっているのに。昨日は自分のほうから、引っ張りこんでくれないのか尋ねるという大胆さを披露しているのに。

「ちゃんと『抱いてください』って言えなきゃ、白いサクラソウの花言葉、教えてやらないぞ」

「なにそれ～、卑怯《ひきょう》」

思わず顔を上げると、伊吹の艶っぽい眼差しと視線が絡む。この目を見ていると抵抗する気が失せるのはなぜだろう。この一ヶ月で、すっかり彼に慣らされてしまったせいだろうか。

「ひ……引っ張りこんでも、いいよ……」

撫子的には精一杯の意思表示だ。熱くなった頬を伊吹の指先が撫でる。その手で右手をとられ、指先にキスをされた。

「よくできました」

観覧車の傾きも気にせず、ふたりは抱き合って唇を重ねた。

観覧車を降りてからもとてもいいムードで、これから伊吹に抱かれてしまうことになんの抵抗も感じなかった。

しかし時間も時間だから先にディナーにしようと提案され、ちょっとだけ気分がそがれたのである。

伊吹なら盛り上がった気分のまま一直線に行きそうな気もしていたが、先に食事を提案したのは撫子に気を遣ったのだろうか。

色気より食い気……。だと思われているなら、心外だ。とはいえ「食事なんかいいから」とは言えない。

なんだか、早く……と、ねだっているみたいだ……。

少々悶々とした気分のまま連れて行かれたのは、高級ホテルチェーンで名高いラリューガーデンズホテル・グランドジャパンのロイヤルスイートルームだった。

ホテルに到着したときはここのレストランにでも行くのかと思ったが、そのまま真っ直ぐ部屋に入ってしまった。

（まさか……食事、って、……わたしのこと、とか！）

と、少々口には出せないことを考えてしまったものの、どうやら部屋にディナーが用意されているということだったらしい。

ふたりで使うにはもったいないくらい大きなテーブル。所狭しと並べられた料理を見ながら呆然としていると、伊吹が説明をしてくれた。

「どうせならゆっくりと食べられるほうがいいだろう？　遊園地に到着する前に予約を入れておいたんだ」

「そうなんだ……？　でも、よく当日いきなりで予約なんか取れたね。ここって、すごく人気のあるホテルでしょう？」

「ここの社長が友だちで、よく無理を聞いてやるんだ。だから俺が頼みごとをすると張り切って聞いてくれる。多方《たほう》に恩《おん》は売っておくもんだ」

「無理って？」

「彼のプライベートスイートをプロポーズのために花でいっぱいにしたり、奥さんと仲直りするために九百九十九本のバラを用意してやったり」

「す……すごいね……」

笑いが引き攣る。改めて伊吹という人の大きさを感じてきた。

「きっと、俺たちの結婚式のときも張り切ってくれる。期待しよう」

肩を抱かれポンポンと叩かれる。チラリと彼を見上げて、少し恥ずかしげに問いかけた。

「結婚式……？」

「そう。撫子には、和装もいいけど、花のようなウェディングドレスをたくさん着せたいな」

「た、たくさんなんて無理でしょ」

現実として訪れるだろう、結婚式の日。それを考えると照れくさい。

「そうだな……。それじゃぁ着られなかったぶんは新居に置いておいて、ときどき着てもらおうかな」

「なんかそれ、ちょっと違うっ」

話がマニアックになってきた。伊吹に顔を向けると、不意打ちで唇にチュッとキスをされた。

「いつでもかわいい撫子が見たいんだからしょうがない。とはいえ、ドレスなんか着なくたって撫子は充分にかわいい」

「い、伊吹さん」

頬が温かくなる。照れくささで引き攣る口元を戻せない。困ったような、嬉しいような、自分がどんな顔をしているのかと考えると複雑だ。

「絶対に綺麗だろうなと確信してる。……まだ実際に見たことはないけど」

ドレス姿のことだろうか。そんなに熱く語られると、嬉しいけど困る。

「ということで、確認したいから、脱がせるぞ」

「ちょっ、ちょっと待って！」

　突然の宣言には一歩引かざるをえない。が、肩をガッチリ抱かれているので腰が逃げたにすぎなかった。

「ぬ、脱がせるぞ……って」

「撫子は足が綺麗だからな。そこからおまえの肌がどれほど綺麗か考えるだけで欲情《よくじょう》する。すでに観覧車の時点から下半身が痛い」

　ふわっと身体が浮き、いきなりのお姫様抱っこ。撫子を抱きかかえ、伊吹はスタスタと歩きだした。

「引っ張りこんでいいって許可はもらっているし。ベッドに行くぞ」

「え……ぁ、ちょっ、夕食はっ⁉」

　ベッド行き決定がスピーディすぎて焦る。観覧車の中でいいムードになったのに、ひとまず食事と言われたときはじれったさを感じたが、実際にベッド直行になるとうろたえずにいられない。

「先に撫子を食べる」

「そ、即物《そくぶつ》的っ」

「なーに言ってんだ。どうせ、俺が食事にしようって言ったとき『わたしが食べられちゃうの⁉』とか思ったんだろ」

ちょっと図星だ。

撫子の言葉が出なくなっているうちに、伊吹はさっさと寝室へ入っていく。メインの照明は消えているが、ベッドサイドのシェードランプが温かな光を灯していた。

その灯りの中、ベッドに横たえられる。確認する余裕もなかったが、とても大きなベッドのような気がする。伊吹が覆いかぶさるように上から見つめてくるので、彼以外のものは見えなかった。

「伊吹……さん」

「かわいいぞ、撫子」

伊吹はうろたえる撫子を見つめたままスーツの上着を脱ぎ捨てる。ネクタイを首から引き抜くさまが彼のイメージ以上に乱暴な仕草に見えて、ドキリと心臓が跳ねた。

そんなに急いてしまうほど、彼は昂ぶっているのだろうか……。

彼に求められていることが、瞳の熱さから伝わってくる。「もー、やらしいなぁ」とおどけることもできない。そんなことをしようと考える前に、心の中が伊吹への想いでいっぱいになってきた。

見つめ合ったまま唇が近づく。彼の手がワンピースの上から胸のふくらみに触れてドキリとするが、撫子の意識は耳元でこぼされる囁きにとらわれた。

「こうして……撫子を抱ける日が来たのが嬉しい。ありがとう……ずっと、想っていてくれて」

唇が触れた瞬間、その刺激とともに心臓が爆発する。痛いくらいに高鳴って、鼓動とは違うものがきゅんと跳ね下半身を圧迫した。

嬉しいのは撫子も同じだ。

ずっと想い続けた初恋の少年が、同じように撫子を忘れずにいてくれて、こうして結ばれるきっかけを作ってくれた。

キスをしているうちにワンピースが身体を離れていく。下着姿になっているのはわかるが、伊吹のキスが気持ちよくて、キスをやめたくなくて、身体を隠すアクションもとれない。

そんな撫子の気持ちがわかるのか、伊吹は彼女の口腔内を愛撫しながら胸のふくらみに触れる。ブラジャー越しに大きく包みこみ、やんわりと揉み動かし始めた。

「ン……フゥ……ンッ」

揉みこまれて肌からじわじわと刺激が広がっていくたびに、鼻が甘えたような息を漏らす。それに誘われたのか、伊吹はブラジャーのストラップを片方の肩から外し、カップを胸の下まで下げてしまった。

ぽろっと、丸いふくらみがまろび出たのがわかる。それを直接手のひらで包まれると、初めて胸に感じる手のひらの感触に、撫子はビクリと身体を震わせた。

ゆっくり揉みこまれ、おかしな気分になっていく。くすぐったいような、どこかもどかしいような。むず痒いものを下半身に感じ、つい腰を焦れったそうに動かした。

「ン……ゥ、あっ……」

唇が離れた瞬間、開いていた唇から声が漏れる。「垂《た》れてる」と言われ唇の端から顎までを舐められて、あまりの気持ちよさに嚥下を忘れた唾液をだらしなく垂らしてしまっていたのだと気づいた。

「気持ちよくなると、途端にはしたなくなるな。撫子は」

「……そういう意地悪言う……」

ちょっと拗ねた声を出すと、伊吹は素早くブラジャーを外し、胸の裾野《すその》からふくらみを持ち上げて片方の頂に唇をつけた。

「いいぞ、もっとはしたなくなれ。そのほうが俺の好みだ」

「あっ……やっ……」

初めての刺激に肌が震える。頂を唇で擦られ、舌でくるくると舐め回される。なにかを吸い出そうとするかのように先端をちゅるっと吸引された。

「ああっ……んっ、あっ……ぁ、そこ……」

吸われているのに、そこから疼きを注入されているかのようだ。片方だけでは飽き足らず左右を交互にちゃぷちゃぷと音をたてて吸いたてられ、全身が火照《ほて》っていく。

「柔らかくて、気持ちがいい。さわっているだけでイけそうだ」

なんだかとてもいやらしいことを言われた気分だが、自分の身体にさわって伊吹が気持ちいいと言ってくれるのは素直に嬉しい。

片方の頂で色を濃くして膨れた突起をつまみ、伊吹の唇が腹部へ落ちる。チュチュチュと吸いつきながらへそを舌でえぐられ、そこから突き抜けた刺激で両足がピクピクと震えた。

「あっぁあっ……やっぁ……」

反射的に両手で腹部を押さえた。まさかここからこんな刺激が走るとは思わず、小さな火花が弾けるような刺激が足のあいだで蠢《うごめ》き、太腿を擦り合わせてむず痒さを逃がした。

「そんなにモジモジするな。またショーツがべちゃべちゃになるぞ」

片手でショーツの端をつまみ、もう片方を伊吹が唇で咥える。そのまま下げられ、驚いた反動で腰が浮く。するっと、ショーツが足から抜かれた。

「やっぱり、綺麗だ……」

撫子の身体を上から眺め、伊吹が称賛をくれる。ショーツをベッドの外に落とすと、ピッタリと閉じられた彼女の太腿を撫でた。

「白くて柔らかくて……吸いついてくる。これを俺が独占できるのかぁと思ったら滾《たぎ》ってしょうがない。……ちょっと、興奮しすぎて無理をしたら許せ」

「無……無理って……なにを」

にわかに焦る。するとつままれていた胸の突起をキュッと引っ張られ、ピクンと肩が揺れる。

「大丈夫、無茶なんかしない。それどころか、綺麗なものを壊したらどうしようって焦りで、手荒になんかできない」

閉じていた太腿を割られ、伊吹がそこに顔を沈める。恥丘を大きく咥《くわ》えられ吐息を吹かれる。熱が広がる熱さで足のつけ根に力が入るが、閉じた花園の門をぺろりと舐め上げられ腰が跳ねたついでに力が抜けた。

「ひゃっ……！」

反射的に腿を締めようとするが、伊吹の頭を挟んでしまうだけだ。

するとすると胸の突起をぐにぐにと揉みたてられる。その刺激でよけいな力が抜けると、片足をぐっと大きく押し広げられた。

「ほら、外にまで感じた汁が漏れてきているんだから、素直に見せろ」

「きゃっ、伊吹さ……」

恥ずかしい言い方だが、足のあいだで潤ったものが内腿の辺りを湿っぽくしていることは、なんとなく気がついていた。

初デートのときも同じように潤いすぎていたことを思うと、いつもこんなになってしまうのが恥ずかしい。

「こっちも綺麗だ。朝露に濡れた花びら、なんて言葉があるが、それ以上だな」

足の中央でひそやかに存在する花園を、伊吹が丁寧に見つめているのがわかる。自分でも目にすることがない場所だ。自分さえ知らない恥ずかしい場所なのだと思うと、羞恥心で下半身がずくっと疼く。

「あっ……」

そんなことを考えると、お腹の奥がきゅうっと絞《しぼ》られる感覚が襲う。見つめられている場所でこぷっと温かいものが湧き出したのがわかった。

「見られて感じたか？　花蜜があふれてきた」

「やだぁ……」

たしかに感じてしまった。すごくいやらしい瞬間を見られてしまったような気がして、撫子は腹部を押さえていた手で今度は顔を隠す。

「イヤじゃないだろう。感じるままに垂らせばいい。全部俺がもらうから」

「えっ……あっ！」

ぬるっとした温かいものに蜜園を拭われ、その刺激で腰が浮く。顔から手を離し腰の横でシーツを摑むと、繰り返し起こるこの刺激が伊吹の舌なのだとわかって、腰がガクガクと震えた。

「あ……あっ、ダメっ、伊吹さ……あぁん……！」

ぽてっとした厚い舌が押しつけられ、下から上へじっとりと舐め上げていく不思議な感触は、じんわりとした甘ったるい疼きで下半身をいっぱいにする。

堪え性のない両足が、駄々をこねるようにシーツを擦る。胸にあった伊吹の手がその足を撫で、ガーターリングから外れたストッキングをするりと抜いた。

「暴れん坊だな。ストッキングはつけたままにしておこうかと思っていたのに」

「な、なんか……やらしい……。それ」

「裸にガーターだけ、って、刺激的だろう？」

「買ってくれたときは機能性を強調していたくせに……目的がいやらしいよ」

伊吹は笑いながら両方のガーターリングを抜き、残っていたストッキングも脱がせた。

「好きな女に選んでやるのに、下心がないわけがないだろう？」

「いっ、いやらしっ……」

とは言うものの、あまり彼を責める口調にならないのは、それが本当にイヤだと感じることではないからだ。

不思議だ。

好きな人が相手だと、いつもは自分から遠ざけていた性的な感情さえ許せてしまう。

伊吹を見ると、彼はついでに自分のベストとワイシャツも脱いだところだった。裸の上半身にドキドキしつつ、ズボンの前をくつろげたのを見てさりげなく目をそらす。

しかし伊吹はそれ以上脱ぐことなく、再び撫子の蜜園に顔を埋めた。

「もったいないから、もう少し回収させてくれ」

「え……、ぁあんっ……！」

先ほどと違い、伊吹は細かく舌を使う。花園にあふれる蜜を集めるようにぴちゃぴちゃと音をたてて舐め取り、舌に触れる赤く熟れた花びらや小さな花芽を舐めしゃぶった。

「ふっ……あぁっ、あんっ、……ぁぁ、ダメェっ……」

大きく舐め上げられるよりも刺激が強い。また暴れん坊と言われてしまいそうだが、撫子は両足を忙しなくシーツの上で擦り動かした。

舌先が蜜泉の入口をくすぐり、ぐにゅっと挿しこまれてはスプーンのように蜜を掻き出していく。ジュルッと吸われてはまた掻き出され、奔放《ほんぽう》に暴れる舌に花筒が疼いた。

「そんな……舐めちゃ……あぁぁんっ……！」

撫子を翻弄する舌は、今度は花芽を嬲《なぶ》りだす。彼の指は蜜をいっぱいにまとい、花びらの溝や入口の周囲をいたずらにこすった。

「あンッ……や、やぁ……そんなしちゃ……あぁっ……」

いつか感じたことのある感覚がせり上がってくる。花芽から発せられる刺激がじくじくと溜まって、弾けたがっているのだ。

「ダメ……また、なっちゃう……あぁっ！」

撫子が焦れる意味を、伊吹は察したのかもしれない。彼はついばんでいた蜜珠をじゅっと吸い、とどめを刺すように歯で掻いた。

「あっ、ンッ、ダメェ……あぅんっ――！」

突き上がってきたなにかがまぶたの裏で白い光になる。軽い浮遊感を覚え、ガクンと腰が落ちた衝撃で意識を保った。

唇を離した伊吹は、荒くなった息を収めきれない撫子を見つめ、頬を撫でる。

「ちゃんとイけたか。素直でいい子だ」

「伊吹、さん……」

「そろそろ、俺のかわいい華をつませてもらってもいいか？」

視線が絡み合った状態で問われ、彼がなんらかの答えを求めているのがわかる。言われたことの意味はなんとなくわかるし、おそらくそれであっているだろう。

彼を見つめて「はい」と答えられれば優等生だったかもしれないが、撫子は恥じらうあまりわずかに視線をそらし、こくっとうなずくことしかできなかった。

伊吹が身体を起こして下着ごとズボンを脱ぎ捨てる。いつの間に用意したのか避妊具を自分に施すと、改めて撫子に覆いかぶさってきた。

いよいよ迎えるその瞬間を思って、知らずに身体が緊張をする。撫子の髪を指に絡め両手で頭を撫でながら、伊吹がニヤリとした。

「痛くて我慢できなかったら、殴っていいからな」

「な、殴らないっ」

「そうか？『痛いって言ってるでしょ』とか言って叩いてきそうだけど」

「ちょっと、わたしをなんだと……！」

ムキになりかかるが、ふと思い直し撫子の勢いは落ちる。

「あの……そんなに、痛いのかな……」

ちょっとした不安を口にしながら、視線だけを横にそらす。こんなことを言葉にしてしまうのもどうかと思ったが、ハジメテの女性なら、たいていの人は思うことではないだろうか。

「撫子、俺のほうを見ろ」

伊吹にうながされて視線を戻す。そこには艶っぽい眼差しを落とす彼がいて、いつものように撫子はその瞳から目がそらせなくなった。

「俺に集中しろ。そうしたら痛くなんかないから」

あまりにも自信たっぷりな言葉に、撫子は軽く笑いだしてしまった。彼女が笑顔になったせいか、伊吹が唇を近づけてくる。

「ほら、キスしよう。おまえ、べっちゃべちゃに濡れるくらいキスするの大好きだろう」

「もーっ、やらしいよ、ほんとっ」

「撫子限定、でだ」

話しているうちに、直前に入った余計な力と緊張が抜けたような気がする。もしかしたら伊吹は、リラックスさせるためにおどけた話題を振ったのではないだろうか。

そんなことを考えているうちに伊吹の唇が重なり、強くきゅうっと吸われる。その瞬間、いつの間にか広げられていた足のあいだで、熱い塊がごりっと動いた。

身構える余裕もない。鼠蹊《そけい》部が強く押しつけられるような圧迫感にも似た痛みが走り、腰が逃げかける。反射的に伊吹の身体に強く抱きつくと、彼も抱き返してくれた。

「ん……ンンッ……」

痛みを訴えようとする声を、すべて伊吹の唇にさらわれる。舌をじくじくとしごかれ、食いつくように貪《むさぼ》られて愛液のようにあふれた唾液《だえき》が唇の端から垂れていく。

「ウゥン……ンッ、んんっ……」

伊吹がくれるキスは、どうしてこんなに気持ちがいいんだろう。彼に唇を任せているだけで、身体が潤って下半身が疼いてくる。今感じている痛みも、あまり気にならなくなってきた。

左胸を大きく鷲掴みにされ、ぐにぐにと揉みしだかれる。力強い五指が、柔らかなふくらみをいやらしい形に変えていった。

ズズッと……少しずつ熱《いき》り勃《た》ったものが動いているのがわかる。狭隘《きょうあい》な蜜路を、彼の形に変えながら進んでくる。

なぜだろう、入口付近の花床に引き攣る痛みは残るものの、熱塊が進む花筒は柔らかく彼を包み、もっと入っておいでと蠕動《ぜんどう》しているようにも思える。

キスや乳房への愛撫にとらわれていた意識は、いつの間にか彼と繋がった部分へ集中する。それでも口腔内の愛撫に蕩かされ、どのくらいその状態が続いたのかはわからないが舌を動かすこともできなくなったころ、やっと唇が離れた。

「全部……入った」

唇のあいだを繋ぐとろっとした銀糸を拭うこともしないまま、伊吹が微笑む。彼の声は少し辛そうだ。

「入ったぞ……。根元まで撫子に締めつけられて、……すごく気持ちいい……」

「伊吹さ……ん」

「動くけど、大丈夫か？」

「……大……丈夫……。伊吹さんがいっぱいで……身体の中、嬉しい……」

言葉が途切れ途切れで、なんだか単語の順番もおかしい気がする。それでも気持ちは伝わっているらしく、伊吹はゆっくりと腰を揺らし始めた。

「ハァ……あっ、ぁ……」

動きはじめは蜜口が引き攣ってピクリとするが、すぐにその感覚も気にならなくなる。それよりもいっぱいに詰め込まれた彼が中で動いているというこのくすぐったい嬉しさと、大好きな人と繋がることができた幸せで、気持ちは昂ぶるばかりだ。

伊吹がわずかに上半身を起こし、緩やかに撫子を揺さぶる。今まで密着して熱かった肌が、しっとりとした火照りに変わる。円《まる》い乳房が胸の上でたぷたぷと揺れ動くのが、なんだか卑猥《ひわい》に感じた。

「あ……ンッ、や、ぁ、なんか。あっ……」

つい胸の下で腕を組んでしまう。なにを気にしたのか一目瞭然《いちもくりょうぜん》の行為に、伊吹がふっと笑んだ。

「そうやると胸が寄るだろう？　よけいに誘われているみたいだ」

「誘って……って、やぁ……」

リズミカルだが優しく擦り動かされる蜜襞《ひだ》が、定期的に快感をばらまく。胸を強調した

まま上半身が悶え動き、当然のように両方のふくらみを伊吹に摑み上げられた。

「ほらここも、硬くなってすごくさわってほしそうだろう?」

両方の乳首を根元からつままれ、指を擦るように揉み動かされる。コロコロこね回されると、そこがどれだけ凝って興奮状態にあるかを伊吹に教えてしまっているような気にさせられた。

「ぁ……ゥン……や、やっ、そんな、しちゃ……アンッ……」

「堪らないなほんと。全身かわいいよ」

胸の下を押さえている両手をとられ、上半身が起き上がりそうな勢いで引っ張られる。同時に強く下半身がめり込み、彼の火杭が深く内奥をえぐった。

「あぁぁ……やぁぁん……!」

腕を引かれた状態で腰を打ちつけられると、必要以上に上半身が揺れる。たぷたぷ揺れて恥ずかしいと感じていた両の乳房も大きく揺れ動き、卑猥に見えるどころかそれが気持ちよく感じてくるという、口には出せない官能にとらわれた。

「んっん、や……ダメェ……そんなに、しちゃぁ……あぁー!」

蜜窟から快感がせり上がってくる。花芽をいじられて覚えたものに似ているが、その刺激より強いような気がした。

引き攣る痛みは残っているのかもしれないが、気にならないほど感じない。蜜路から発生するこのなんともいえない甘酸っぱい疼きが、感覚のすべてを凌駕《りょうが》していく。

「伊吹さん……いぶきさ……ダメ、ダメェっ……それ以上したら……ぁぁっ！」

撫子は首を左右に振って今の状態を教えようとするが、口に出せるようなものでもなく、ただ悶え動くことしかできない。

それでも伊吹はそんな反応の意味を悟ることができるらしく、撫子の腕を離し、自分の肩から抱きつかせて彼女に覆いかぶさった。

「いいよ。そのまま感じていろ。今夜は、一緒にイこうな」

「イ……く？　あっ、あ、やぁぁん！」

これが達する前兆なのだと理解すると、ふっと気持ちが楽になった。

おまけに今夜はひとりではない。伊吹も一緒に同じ恍惚に身を投じてくれようとしているのだ。

「伊吹さ……ん、ああっ、あっ……ダメッ、もぅ……！」

ぱしゅんぱしゅんと大きな動きで腰が打ちつけられ、快感を生み出す剛直が花洞に出し挿れされる。

伊吹もその瞬間が近いらしく、強く撫子を抱きしめた。

「イ……く……あっ、あぁ……やぁぁ――！」

淫路が焼けつくように熱い。それが溶けたと感じた瞬間、限界にのぼりつめた快感が弾ける。撫子は背をわずかに反らせ強く伊吹にしがみついた。

「なでし……こっ……！」

初めて聞く、苦しげだけど艶っぽい呻き。伊吹が同じような限界を感じたのだとわかった瞬間、繋がった部分で媚肉がピクピクと収縮し彼を締めつけた。

「……撫子……」

伊吹が上気した顔を上げ、瞳を潤ませて法悦《ほうえつ》をさまよいかける撫子を見つめる。唇を重ね、ひたい同士をこつんとくっつけた。

「白い……サクラソウ」

「……え？」

彼の囁きで、撫子は白いサクラソウを思いだす。彼がくれたものは部屋に活けてある。そういえばひとつ教えてもらわなくてはならないことがあるのを思いだした。

「伊吹さん……花言葉……」

デートの最後に教えてくれると言った白いサクラソウの花言葉。今でもいいだろうかと、尋ねてみる。

すると彼は、教えてくれたのだ……

「白いサクラソウの花言葉は……〝初恋〟だ」

撫子は目を見開く。忘我の溝から引き戻され、彼女の瞳には愛しい人が映った。

「愛してるよ。撫子……」

撫子の目から、嬉し涙がこぼれる。彼女は初恋の人に力いっぱい抱きついた。

思い出の中で、大切に守られ続けた初恋。
白いサクラソウが咲き誇る春には、きっと、この初恋は実を結ぶことだろう。

〈END〉

あとがき

ところで、皆様は「お転婆《てんば》」という言葉をご存知でしょうか……。

実は今回、本編の中で撫子の性格を形容するのにどんな言葉を使ったらよいかというのが、担当様とのちょっとした悩みになりまして……。

「お転婆」って、通じるだろうか？　「じゃじゃ馬」って、古くさくない？　などなど頭を悩ませ、もっといい言いかたはないものかと。

……じゃあ、なんていうのが的確なんだろう。「男勝《おとこまさ》り」とか「勝気」とかっていうのとは全然違うんですよね。「我が儘」のひとことで済ませるのも、これまた違う。

快活で純粋……天衣無縫《てんいむほう》？　いや、わかりやすく「明朗快活すぎる……」でどうだろう。


そんなに悩まなくてもよかったかな、とは思いますが、今回は「明朗快活すぎる女の子が、慣らされて女性らしくなっていくお話」です。


本作は２０１７年６月に電子書籍として配信されたお話です。

そのときは、なんとラブシーンがなかったのですよ！

キスシーンくらいはあったのですが、車の中での濃いイチャイチャとか遊園地デートとか、そのあとの……とか、今回の文庫化用に加筆いたしました。

ある意味、しっかりとふたりを結び付けてあげられたような気がして満足です。

最後に、謝辞にて締めさせていただきます。

担当様、今回も本当にありがとうございました。もともとラブシーンのない作品だったので、濡れ場加筆の件ではご心配をおかけいたしました。

イラストをご担当くださいました黒田うらら先生。蜜夢文庫前作の『聖人君子が豹変したら意外と肉食だった件』から二度目のご縁をいただきました。着物やお花の指定が細かく、お手間をかけてしまうだろうなと申し訳ない気持ちでいっぱいでしたが、完成した挿絵を見せていただき、とても素敵に仕上げていただけていて感動いたしました。今回もありがとうございます！

本書に関わってくださいました関係者の皆様。いつも励ましてくれるお友だち。書く元気と幸せをくれる大好きな家族。そして、本書をお手に取ってくださりました皆様にも、心からの感謝とお礼の気持ちをこめて。

ありがとうございました。また、お目にかかれることを願って――。

二〇一八年十二月　　玉紀　直

先生、職場でこんなこと……
夜の診察室でキス
病棟でワゴンドン××
医局のベッドで×
ごめん、俺もう止まれないみたいだ
嫌味な敏腕イケメンドクター＆男嫌いを貫く堅物ナース

著：ひらび久美／画：蜂不二子
溺愛コンチェルト　御曹司は花嫁を束縛する
著：鳴海 澪／画：弓槻みあ
あなたの言葉に溺れたい 恋愛小説家と淫らな読書会
著：高田ちさき／画：花本八満
イケメン兄弟から迫られていますがなんら問題ありません。
著：兎山もなか／画：ＳＨＡＢＯＮ
償いは蜜の味　S系パイロットの淫らなおしおき
著：御堂志生／画：小島ちな
あなたのシンデレラ 若社長の強引なエスコート
著：水城のあ／画：羽柴みず
ワケあり物件契約中 ～カリスマ占い師と不機嫌な恋人
著：真坂たま／画：紅月りと。
結婚が破談になったら、課長と子作りすることになりました⁉
著：青砥あか／画：逆月酒乱
楽園で恋をする ホテル御曹司の甘い求愛
著：栗谷あずみ／画：上原た壱
小鳩君ドット迷惑　押しかけ同居人は人気俳優⁉
著：冬野まゆ／画：ヤミ香
恋愛遺伝子欠乏症 特効薬は御曹司⁉
著：ひらび久美／画：蜂不二子
編集さん（←元カノ）に謀られまして 禁欲作家の恋と欲望
著：兎山もなか／画：赤羽チカ
恋文ラビリンス 担当編集は初恋の彼⁉
著：高田ちさき／画：花本八満
強引執着溺愛ダーリン あきらめの悪い御曹司
著：日野さつき／画：もなか知弘
極道と夜の乙女 初めては淫らな契り
著：青砥あか／画：炎かりよ
恋舞台 Sで鬼畜な御曹司
著：春奈真実／画：如月奏
純情欲望スイートマニュアル　処女と野獣の社内恋愛
著：天ヶ森雀／画：木下ネリ
年下王子に甘い服従　Ｔｏｋｙｏ王子
著：御堂志生／画：うさ銀太郎
赤い靴のシンデレラ　身代わり花嫁の恋
著：鳴海 澪／画：弓槻みあ
地味に、目立たず、恋してる。幼なじみとナイショの恋愛事情
著：ひより／画：ただまなみ

〈蜜夢文庫〉好評既刊発売中！

Ｓ系厨房男子に餌付調教されました
著：水城のあ／画：蜂不二子
才川夫妻の恋愛事情８年目の溺愛と子作り宣言
著：兎山もなか／画：小島ちな
セレブ社長と偽装結婚 箱入り姫は甘く疼いて!?
著：御子柴くれは／画：上原 た壱
隣人の声に欲情する彼女は、拗らせ上司の誘惑にも逆らえません
著：奏多／画：幸村佳苗
年下幼なじみと二度目の初体験？　逃げられないほど愛されています
著：西條六花／画：千影透子
黙って私を抱きなさい！～年上眼鏡秘書は純情女社長を大事にしすぎている
著：兎山もなか／画：すがはらりゅう
俺様御曹司に愛されすぎ　干物なリケジョが潤って!?
著：鳴海澪／画：ＳＨＡＢＯＮ
元教え子のホテルＣＥＯにスイートルームで溺愛されています。
著：高田ちさき／画：とうや
露天風呂で初恋の幼なじみと再会して、求婚されちゃいました!!
著：水城のあ／画：黒田うらら
旦那様はボディガード　偽装結婚したら、本気の恋に落ちました
著：朝来みゆか／画：涼河マコト
アブノーマル・スイッチ～草食系同期のＳな本性～
著：かのこ／画：七嶋いよ
才川夫妻の恋愛事情～７年じっくり調教されました～
著：兎山もなか／画：小島ちな
エリート弁護士は不機嫌に溺愛する～解約不可の服従契約～
著：御堂志生／画：黒木捺
処女ですが復讐のため上司に抱かれます！
著：桃城猫緒／画：逆月酒乱
拾った地味メガネ男子はハイスペック王子！ いきなり結婚ってマジですか？
著：葉月クロル／画：田中 琳
入れ替わったら、オレ様彼氏とエッチする運命でした！
著：青砥あか／画：涼河マコト
社内恋愛禁止 あなたと秘密のランジェリー
著：深雪まゆ／画：駒城ミチヲ
聖人君子が豹変したら意外と肉食だった件
著：玉紀 直／画：黒田うらら
ピアニストの執愛　その指に囚われて
著：西條六花／画：秋月イバラ
フォンダンショコラ男子は甘く蕩ける

本書は、電子書籍レーベル「らぶドロップス」より発売された電子書籍『なでしこ花恋綺譚　甘黒御曹司のじゃじゃ馬調教』（発行：パブリッシングリンク）に加筆・修正を行い、挿絵を入れたものになります。

甘黒御曹司は無垢な蕾を淫らな花にしたい
なでしこ花恋綺譚

２０１９年１月２８日　初版第一刷発行

著……………………………………………………………玉紀 直
画…………………………………………………………黒田うらら
編集……………………………株式会社パブリッシングリンク
ブックデザイン…………………………………………おおの蛍
（ムシカゴグラフィクス）
本文ＤＴＰ…………………………………………………ＩＤＲ

発行人………………………………………………………後藤明信
発行……………………………………………………株式会社竹書房
〒102-0072　東京都千代田区飯田橋２－７－３
電話　03-3264-1576（代表）
03-3234-6208（編集）
http://www.takeshobo.co.jp
印刷・製本……………………………………中央精版印刷株式会社

ISBN978-4-8019-1734-7　C0193
Printed in JAPAN